Christa Holtei

Die magische Maske

Ein Abenteuer aus dem Alten Griechenland

dtv junior Tigerauge

Schau mit dem Auge des Tigers!

Sei wachsam und mutig, denn auf Dich warten große Abenteuer. Tauch ein in die Welt der Ritter! Du bist dabei, wenn Mammuts gejagt werden! Du erlebst, wie ein Schatz aus der Tiefe des Meeres gehoben wird! Sei neugierig auf die Welt und entdecke ihre Geheimnisse in spannenden Geschichten. Willst Du noch mehr erfahren? Dann schau genau hin: In den vielen Bildern steckt eine Menge Wissen zu Deinen Lieblingsthemen. dtv junior Tigerauge – das sind Bücher für Kinder mit Durchblick.

Christa Holtei wurde 1953 in Düsseldorf geboren. Sie studierte Anglistik, Romanistik, Philosophie und Pädagogik und arbeitete lange an der Heinrich-Heine-Universität Düsseldorf. Heute lebt sie als freie Autorin und Übersetzerin in der Nähe von Düsseldorf. Mehr über Christa Holtei und ihre Bücher unter www.phil-fak.uni-duesseldorf.de/~holtei/.
Weitere Bücher von Christa Holtei bei dtv junior: siehe Seite 6

Volker Fredrich, geboren 1966 in Mühldorf am Inn, studierte an der Fachhochschule Hamburg Illustration. Seit 1996 arbeitet er als freier Illustrator für zahlreiche Kinder- und Schulbuchverlage. Für dtv junior stattete er bereits verschiedene historische Mitratekrimis und mehrere Bände der Reihe dtv junior Tigerauge aus.

Christa Holtei

Die magische Maske

Ein Abenteuer aus dem Alten Griechenland

Mit Illustrationen
von Volker Fredrich

Deutscher Taschenbuch Verlag

Von Christa Holtei sind bei dtv junior außerdem lieferbar:
Der Pfefferdieb. Ein Mitratekrimi aus dem Mittelalter, dtv junior 71178
Der verschwundene Papyrus. Ein Mitratekrimi aus dem Alten Ägypten, dtv junior 71262
Skandal in Olympia. Ein Mitratekrimi aus dem Alten Griechenland, dtv junior 71301
Die Schatulle des Pharao. Ein Abenteuer aus dem Alten Ägypten, dtv junior Tigerauge 7716

Weitere Abenteuer aus der Reihe ›dtv junior Tigerauge‹ unter ›www.dtv-tigerauge.de‹

Originalausgabe
In neuer Rechtschreibung
August 2009

www.dtv-tigerauge.de
Umschlagkonzept: Ralph Bittner
Umschlagbild: Volker Fredrich
Lektorat: Maria Rutenfranz
Herstellung: Stephanie Lütje
Gesetzt aus der Caslon 12,5/16'
Satz: Greiner & Reichel, Köln
Druck und Bindung: Druckerei C.H. Beck, Nördlingen
Gedruckt auf säurefreiem, chlorfrei gebleichtem Papier
Printed in Germany · ISBN 978-3-423-07721-7

Inhalt

Die wichtigsten Personen:

Paseas (10) und Iris (9): Kinder des Töpfers Andokides und seiner Frau, der Vasenmalerin Elena

Hegias (10): Sohn des Töpfers Mikion und seiner Frau Daphne

Die Geschichte spielt in Athen um 530 v. Chr.

Eine schreckliche Neuigkeit

»Verschwinde! Geh mir aus den Augen!«

In der Abendstille schallte Mikions aufgebrachte Stimme plötzlich laut über den Hof. Man hörte zwei klatschende Geräusche, dann war es wieder ruhig.

Erschrocken drehten sich Paseas und Iris um. Sie hatten gerade stolz die Amphoren aus der Töpferwerkstatt ihres Vaters Andokides betrachtet. Fertig geformt und bemalt standen sie auf den tiefen, überdachten Regalen an der Hofmauer. Sie mussten nur noch gebrannt werden, dann waren sie für das große Geburtstagsfest der Göttin Athene in zwei Wochen bereit: für die Panathenäen-Spiele.

Paseas und Iris waren schon ganz gespannt darauf. Tausende Zuschauer wurden zu den Spielen in Athen erwartet. Acht Tage lang würden Musiker und Sänger um den goldenen Ölzweig wettstreiten. Die besten Sportler Athens und Attikas würden ihre Kräfte im Laufen, Ringen oder Faustkampf messen und als Sieger den begehrtesten Preis von allen bekommen: mit wertvollem Olivenöl gefüllte Amphoren. All diese bauchigen, großen Krüge trugen das Bild der Göttin Athene auf der einen Seite. Und auf der anderen Seite zeigten sie die Sportart, für die sie als Siegespreise vergeben wurden.

Jeder Töpfer Athens, der etwas auf sich hielt, riss sich um einen Auftrag für die Panathenäen-Amphoren. Andokides, der Vater der Geschwister, hatte zu den Glücklichen gehört. Er hatte den Auftrag für den Ringkampf bekommen. Und Mikion, der Vater ihres Freundes Hegias, stellte seit Wochen mit seinen Sklaven Preisamphoren für das Wagenrennen her.

Die Geschwister schauten neugierig hinüber zu Mikions Werkstatt.

»Was ist denn da los?«, fragte Paseas erstaunt.

Iris zuckte die Schultern. »Keine Ahnung. Vielleicht hat ein Sklave was Falsches auf die Amphoren gemalt und Ohrfeigen dafür bekommen?«

Paseas und Iris mussten nicht lange auf eine Erklärung für Mikions Wutanfall warten. Bestürzt sahen sie, dass kein Sklave, sondern die kleine kräftige Gestalt ihres Freundes Hegias aus der Werkstatt kam. Er war mit den Geschwistern aufgewachsen. Die drei Freunde hielten zusammen wie Pech und Schwefel, und Paseas und Iris sahen sofort, dass mit ihrem Freund etwas ganz und gar nicht stimmte.

GRIECHENLAND
DELPHI
THEBEN
MARATHON
ATHEN
ATTIKA
KORINTH
SIKYON
ELIS
OLYMPIA
NEMEA
MYKENE
EPIDAURUS
SPARTA
MITTELMEER

Sein Gesicht unter den kurz geschnittenen schwarzen Locken war rot und verheult. Einen Moment lang blieb er mit hängenden Schultern vor der Tür stehen. Dann ging er langsam weiter. Als er seine Freunde sah, blickte er nur kurz in ihre Richtung und beeilte sich dann, zum Wohnhaus zu kommen.

»Warte!«, rief Iris und lief über den Hof am Brunnen vorbei zu ihm. Paseas eilte hinter ihr her. Es sah Hegias gar nicht ähnlich, ihnen auszuweichen.

»Was ist los?«, fragte Iris besorgt.

Zögernd blieb Hegias stehen.

»Nichts«, antwortete er kurz angebunden. Er wollte weg. Er wollte nichts erklären, das sah man ihm an. Aber Paseas ließ nicht locker.

»Nichts ist los! Ah ja!« Weil er größer als Hegias war, musste er sich ein wenig vorneigen, um ihm ins Gesicht schauen zu können. »Du hast Ohrfeigen bekommen, du heulst und du willst nicht mit uns reden. Aber es ist *nichts*! Vollkommen klar!«

Kleinlaut blickte Hegias ihn an.

»Nun sag schon!«, drängte Iris ihren Freund. »Vielleicht können wir dir ja irgendwie helfen!«

»Nein!« Langsam schüttelte Hegias den Kopf.

Iris schaute ihren Bruder hilflos an. Es war sehr schwierig, etwas aus Hegias herauszubekommen, wenn er nicht reden wollte. Sie fing an, eine ihrer langen Locken zwischen den Fingern zu drehen. Das tat sie immer, wenn sie nachdenken musste.

Paseas seufzte und versuchte es noch einmal.

»Gut. Dann sage *ich* dir jetzt, was los ist. Du hast wieder irgendeine Amphore kaputt gemacht und deshalb ist dein Vater wütend auf dich.«

Es war nicht das erste Mal, dass Hegias ein solches Missgeschick passierte. Vor ein paar Tagen noch hatte es Scherben gegeben. Als Sohn eines Töpfers hätte er es besser wissen müssen und nicht ausgerechnet im Hof Ball spielen sollen. Aber wann immer Hegias Zeit hatte, übte er begeistert für sein Mannschaftsspiel. Es hieß Episkyros. Dabei musste man einen Ball weit schießen und sicher werfen können. Das trainierte man allerdings nicht gerade im Hof einer Töpferei, wo fertig bemalte Amphoren und andere zerbrechliche Gefäße auf den Regalen trockneten.

Das wusste Hegias natürlich genau.

Aber der Ball hatte im Hof gelegen und ihn an den nächsten Gegner erinnert. Da hatte er einfach dagegengetreten. Und dann war es passiert: Drei Amphoren lagen in tausend Scherben auf dem Boden.

Sein Vater hatte keine Entschuldigung gelten lassen. Wenn das so weiterginge, hatte er Hegias angefahren, hätte er in einer Töpferei nichts zu suchen. Er sei vollkommen untauglich für den Beruf. Zornig hatte er seinen Sohn einen ganzen Tag lang nicht beachtet und kein Wort mehr mit ihm gesprochen.

Wieder schossen Hegias Tränen in die Augen. Er liebte es, mit Ton umzugehen, und er wünschte sich sehr, eines Tages so ein guter Töpfer zu werden wie sein Vater. Aber wie sollte er ihm das nur beweisen?

Entschlossen wischte er die neuen Tränen fort.

»Diesmal hab ich aber keine Amphore kaputt gemacht!«, sagte er trotzig.

»Was ist denn dann zu Bruch gegangen?«, fragte Paseas. »Irgendwas *musst* du doch angestellt haben!«

Iris verlor allmählich die Geduld. »Wie sollen wir dir helfen, wenn du nicht sagst, was du gemacht hast?«

»Nichts!«, rief Hegias empört. »Vater will bloß morgen die Preisamphoren brennen!«

»Ja und?«, fragte Iris. »Das wollen wir doch auch. Wir fangen morgen alle zusammen mit dem Brennen an. Das ist doch so verabredet.«

Die beiden Töpferfamilien hatten den Ofen von Anfang an gemeinsam genutzt. Er stand in der Mitte ihres Hofes und war teilweise in die Erde eingelassen, damit er die Hitze besonders gut hielt. Um ihn herum waren mit der Zeit die übrigen Gebäude entstanden: die beiden Wohnhäuser und die Werkstätten, die Regale zum Trocknen der Gefäße, die Schlämmbecken zum Reinigen des Tons und die Umfassungsmauer mit den beiden Eingangstüren.

»Und dann werden wir auch rechtzeitig fertig«, sagte Paseas. »Wir haben ja noch zwei Wochen Zeit!«

Nur Töpfer, die pünktlich und verlässlich waren, konnten sicher sein, einen der begehrten Aufträge für die Panathenäen-Spiele zu bekommen. Es wäre eine Katastrophe, wenn die ersten und zweiten Preise in einem der Wettbewerbe nicht vergeben werden könnten, weil die Preisamphoren nicht fertig waren. Ganz Griechenland würde über Athen und Attika lachen! Und für die nächsten Spiele in vier Jahren würde der schuldige Töpfer ganz bestimmt keinen der einträglichen Aufträge mehr bekommen.

»Deshalb haben wir doch überhaupt so geschuftet!«, fügte Iris hinzu.

Seit Wochen hatten beide Familien und die Sklaven unermüdlich darauf hingearbeitet, dass sechzig Amphoren für die Sieger im Ringkampf und hundertachtzig Amphoren für die Sieger im Wagenrennen rechtzeitig geformt, bemalt und gebrannt wurden. Auch die Kinder hatten geholfen, wo sie konnten.

Was sind die Panathenäen-Spiele?

In Athen, der Hauptstadt der Halbinsel Attika, wird der Geburtstag der Stadtgöttin Athene jedes Jahr am 28. Hekatombaion (Juli) gefeiert. Alle vier Jahre wird das höchste Fest Athens besonders großartig ausgerichtet. Acht Tage lang werden neben Opferungen an die Göttin die Panathenäen-Spiele abgehalten. Alle freien Athener aus ganz Attika kommen, um Wettkämpfe in Musik, Dichtung und Sport auszutragen. Als Preise werden vergoldete Ölzweige (Sänger und Musiker), ein Stier (Fackelläufer und Waffentänzer), drei Stiere (Bootsregatta) und Geldbeträge vergeben. Nur Athleten, Wagenlenker und Reiter bekommen die begehrten Preisamphoren mit je 40 Litern Olivenöl, das sie steuerfrei verkaufen dürfen. Der erste Sieger im Lauf verdient mit seinen 80 Amphoren in ein paar Sekunden so viel wie ein Lohnarbeiter mit 20 Jahren Arbeit: 2400 Drachmen.

ATHENE

Sie hatten die Töpferscheiben gedreht, auf denen die Amphoren gleichmäßig aus einem Klumpen Ton hochgezogen wurden, oder neue Pinsel zum Bemalen besorgt oder Tonbrei mit Wasser zu der Farbe verdünnt, mit der die Vasenmaler arbeiteten.

Hegias seufzte tief und sagte niedergeschlagen: »Wir können aber nicht brennen.«

Paseas und Iris schauten ihn entsetzt an.

»Nicht brennen? Warum denn nicht?«, fragte Iris ungeduldig. »Sind eure Amphoren nicht fertig?«

Die Geschwister warfen einen ungläubigen Blick hinüber zu Mikions langen Regalen, auf denen kein Platz mehr für weitere Amphoren zu sein schien.

»Doch, wir sind fertig. Das ist nicht das Problem.« Unglücklich sah er seine Freunde an.

»So«, sagte Paseas entschieden, »es reicht! Erzähl endlich, was du gemacht hast. Und sag jetzt nicht wieder ›nichts‹!«

»Aber ich habe wirklich nichts gemacht«, verteidigte sich Hegias.

»Und was ist dann los?«, fragte Iris.

»Wir können nicht brennen«, wiederholte Hegias. Und dann sagte er einen so schrecklichen Satz, dass es Paseas und Iris die Sprache verschlug: »Die magische Maske ist verschwunden.«

Hegias hat ein Geheimnis

»Was?«, rief Paseas entsetzt.

»Die Maske ist weg?« Iris konnte es einfach nicht glauben. Sie rannte zum Ofen, um selbst nachzusehen. Tatsächlich! Oben an der Seite des Ofens, auf der auch das Feuerloch war, hätte sie hängen müssen. Aber sie war nicht da.

»Was machen wir denn jetzt?«, fragte Paseas fassungslos. »Wie sollen wir die Amphoren ohne die magische Maske brennen? Ohne den Schutz der Götter?«

Plötzlich schlug Iris sich eine Hand vor die Stirn. »Das gibt es doch nicht!«, rief sie und schaute Hegias zornig an. »Sag bloß, du hast die Maske mit deinem Ball vom Ofen geschossen und jetzt ist sie kaputt!«

Auch Paseas fuhr zu Hegias herum. »Hast du etwa deshalb die Ohrfeigen bekommen?«

Ohne die magische Maske brannte kein Töpfer von Athen seine Gefäße. Sie war aus Ton und trug das bärtige Gesicht eines Satyrs, eines der Geisterwesen, die die Götter begleiteten. Sie schützte Haus und Hof vor Feuer, denn Satyrn gehörten auch zum Gefolge des Gottes Hephaistos, dem Gott des Feuers und der Handwerker.

Und Hephaistos musste man unbedingt besänftigen, damit er den Ofen und die Arbeit der Töpfer in Ruhe ließ und nicht alles in Brand setzte. Manchmal griff das Feuer sogar auf andere Häuser über und im Nu stand eine ganze Straße in Flammen. Ab und zu tat Hephaistos so etwas. Die Götter waren launisch, das wusste jeder in Athen. Und die Maske war der einzige Schutz, den die Töpfer gegen die Launen des Gottes besaßen.

»Seid ihr verrückt?«, wehrte Hegias sich verzweifelt. »Jetzt fangt ihr auch noch an! Es ist schon schlimm genug, dass Vater das glaubt! Das würde ich nie tun! Schon allein wegen Großvater und der Holzkohle!«

Die Familien der Kinder hatten schon immer auf die magischen Kräfte ihrer Maske vertraut. Und bisher hatte sie ihnen auch immer geholfen. Sogar damals, als Hegias noch nicht laufen konnte und über den Hof zu seinem Großvater gekrabbelt war. Der hatte ihn nicht gesehen und auch nicht gemerkt, dass hinter seinem Rücken ein glühendes Stück Kohle aus dem Ofen direkt vor seinen Enkel auf den gestampften Lehmboden des Hofes gefallen war. Hegias hatte nach dem feurigen Ding greifen wollen, aber es war knapp vorher in eine Pfütze gerollt.

Als der Großvater ein lautes Zischen hörte und sich erschrocken umdrehte, hatte er gerade noch gesehen, wie Hegias seine Hand zu der qualmenden, heißen Kohle ausstreckte. Da hatte er ihn schnell auf den Arm genommen. Und danach hatte er bei allen Göttern geschworen, dass der bärtige Satyr oben am Ofen ihm zugezwinkert habe. Seitdem bedeutete die Maske den beiden Töpfern noch mehr. Sie hatte bewiesen, dass sie mit ihrer Magie die Familien und ihre Arbeit schützte.

Iris betrachtete ihren Freund aufmerksam.

»Du hast sie wirklich nicht zerbrochen?«, fragte sie schließlich.

»Ehrenwort!«, bekräftigte Hegias. »Ich war es nicht und ich weiß nicht, wo sie ist.«

Auch Paseas warf ihm einen prüfenden Blick zu.

»Gut«, nickte er. »Aber wer war es dann?«

Die drei Kinder starrten noch einmal ungläubig auf den leeren hellen Fleck oben an der Ofenkuppel, wo die magische Maske befestigt gewesen war.

»Gestern war sie doch noch hier!«, überlegte Iris. »Oder?«

»Ich weiß es nicht«, antwortete Paseas ratlos. »Sie ist doch immer da. Ich habe nicht darauf geachtet.«

Hegias schüttelte den Kopf. »Ja, aber wer …«

»Da bist du ja immer noch!«

Erschrocken drehte Hegias sich um.

Mikion kam über den Hof. Er war groß und breit wie ein Bär. Sein dichter Haarschopf und der schwarze Bart, der sein Gesicht einrahmte, waren wie immer von rötlichem Tonstaub bedeckt. Das konnte er als Töpfer nicht vermeiden. Er war auf dem Weg zu Andokides' Werkstatt, aber nun blieb er zornig bei den Kindern stehen.

»Ich habe gesagt, du sollst ins Haus gehen und dich nicht mehr blicken lassen, bis ich dich rufe!«, fuhr er seinen Sohn an.

»Aber ich habe doch gar nichts …«

»Schluss jetzt. Ich glaube dir kein Wort. Wer hat denn hier auf dem Hof Ball gespielt, obwohl das die dümmste Idee ist, von der ich je gehört habe? Und wer hat drei Amphoren dabei zerschlagen? Und es waren noch nicht einmal unsere, sondern die von Andokides! Wer sogar anderer Leute Arbeit mutwillig zerstört, macht auch vor sonst nichts halt!«

Mikion blitzte seinen Sohn empört an. Hegias versuchte noch einmal, sich zu verteidigen.

»Aber ich hab wirklich nichts getan!«, rief er.

»Ach was!« Mikion brachte ihn mit einer Handbewegung zum Schweigen. »Du hast wieder mit deinem Ball gespielt und die Maske vom Ofen geschossen. Sie ist zerbrochen und du warst zu feige, es mir zu erzählen. Wie willst du jemals ein verantwortungsvoller Töpfer werden, wenn das so weitergeht? Jetzt können Andokides und ich nicht brennen und verlieren unseren guten Ruf. Wir werden nie wieder einen Auftrag für die Panathenäen-Spiele bekommen. Und das haben wir dir zu verdanken, leichtsinnig wie du bist!«

Hegias blickte seinen Vater fassungslos an. Wie sollte er ihm nur erklären, dass er nichts mit der Sache zu tun hatte?

Paseas und Iris hatten atemlos zugehört und sofort begriffen: Sie mussten alles tun, um Hegias zu helfen, den wahren Täter zu finden. Nur dann würde sein Vater seine Meinung über ihn ändern.

Iris drehte nachdenklich eine Locke um den Finger. Sie nahm allen Mut zusammen und fragte Mikion unvermittelt: »Und wo sind die Scherben?«

»Genau«, stimmte Paseas ihr zu. »Wenn es wirklich so war, dann müssten doch hier vor dem Ofen die Scherben der Maske herumliegen!«

Verdutzt sah Mikion die Geschwister an. »Ihr drei haltet wieder zusammen, was?«, rief er aufgebracht. »Dann sucht die Scherben doch! Das ist das Mindeste, was ihr tun könnt. Wenigstens könnten wir dann die Maske zusammenkitten und hoffen, dass sie uns trotzdem schützt. Ich muss jetzt mit Andokides beraten, was wir noch tun können, um unsere Aufträge zu retten. Und du«, fuhr er seinen Sohn wieder an, »du bist im Haus, wenn ich zurückkomme.«

Damit ging er weiter über den Hof, betrat Andokides' Werkstatt und schlug die Tür hinter sich zu.

Hegias blickte seine Freunde mutlos an. »Es hat keinen Zweck. Er glaubt mir nicht«, sagte er leise. »Aber ich hätte die Maske niemals zerstört. Ich brauche sie doch auch!«

Paseas und Iris musterten ihren Freund neugierig. »Und wofür?«, fragte Paseas schließlich.

Hegias blickte sich um. Die Tür zu Andokides' Werkstatt war verschlossen und außer ihnen war niemand auf dem Hof. »Ich habe eine Schale bemalt«, flüsterte er. »Mit einem Töpfer an der Drehscheibe. Smikros hat mir gezeigt, was ich machen muss.«

Smikros war einer der Sklaven, die bei Mikion als Vasenmaler arbeiteten, und sah so aus, wie er hieß: »klein«. Er hatte zusammen mit Andokides' Frau

Elena mit großem Erfolg eine neue Technik ausprobiert, die jetzt immer beliebter in Athen wurde. Sie bemalten viele Gefäße nicht mehr so, dass die Figuren schwarz und die Hintergründe rötlich waren. Sie machten es genau anders herum. Die Gesichter der Figuren oder die Falten ihrer Gewänder wurden mit feinen Linien eingezeichnet und sahen dadurch vor dem schwarzen Hintergrund viel lebendiger aus.

Einen Vasenmaler zu besitzen, der beide Techniken beherrschte, war ein großer Vorteil. Smikros war ein Glücksgriff gewesen, als Mikion ihn vor zwölf Jahren auf dem Sklavenmarkt gekauft hatte.

Der Sklave kannte Hegias von klein auf. Als Einziger hatte er bemerkt, was für eine besondere Begabung der Junge besaß. Er konnte beides: Er konnte nicht nur mit Ton umgehen, er konnte die geformten Gefäße auch bemalen und wurde immer besser dabei.

»Bei allen Göttern!«, rief Iris verblüfft. »Du hast eine richtige Schale bemalt?«

Ein Lächeln huschte über Hegias' Gesicht.

»Ja! Es sieht ein bisschen wackelig aus, glaube ich, wenn sie gebrannt ist. Ich kann eben Tiere besser malen als Menschen. Aber ich habe es geschafft.«

Vasenmaler mussten sehr genau arbeiten und das Bild, das entstehen sollte, im Kopf haben. Sie ritzten

Welche Götter werden in Athen verehrt?

Die wichtigste Göttin ist Athene, die die Stadt selbst gegründet haben soll. Der große Tempel auf der Akropolis (»Oberstadt«) ist ihr geweiht. Als er während des Krieges mit den Persern 480 v. Chr. zerstört wird, baut man dort den heute noch berühmten Parthenon-Tempel (447–438 v. Chr.). Mit Hephaistos, dem Gott des Feuers, schützt Athene besonders die Töpfer. Magische Masken und Weihetafeln an den Öfen bitten sie um Schutz. Beide Götter gehören zu den zwölf wichtigsten Unsterblichen, den »olympischen« Göttern. Man glaubt, dass sie auf dem Berg Olymp im Norden des Landes wohnen. Über dem großen Tor des Parthenon-Tempels sind sie als Zuschauer der feierlichen Panathenäen-Prozession in Stein gehauen.

„DER OLYMP – DER SITZ DER GÖTTER"
1 Athene, Göttin der Weisheit und des Kampfes
2 Hephaistos, Gott des Feuers
3 Poseidon, Gott des Meeres
4 Apollon, Gott der Künste, der Musik und Medizin
5 Artemis, Göttin der Jagd
6 Aphrodite, Göttin der Liebe und Schönheit
7 Eros, Gott der Liebe, Sohn der Aphrodite, kein Olympier
8 Hermes, Götterbote, Gott der Reisenden und Kaufleute
9 Dionysos, Gott des Weines und der Pflanzenwelt
10 Demeter, Göttin der Fruchtbarkeit und des Ackerbaus
11 Ares, Gott des Krieges
12 Iris, Göttin des Regenbogens, Botin der Hera, keine Olympierin
13 Hera, Frau des Zeus, Göttin der Ehe und Geburt
14 Zeus, Göttervater, Gott des Himmels

es mit einem Metallgriffel in den noch weichen Ton. Die Linien mussten sicher und glatt gezogen werden, denn zwischen ihnen wurde die Farbe aufgetragen. Beim Brennen verschwanden die geritzten Linien zwar fast ganz, aber vorher hatte sich die Farbe schon angepasst. Sie war nach dem Brennen tiefschwarz. Zittrige Linien sah man sofort.

»Was sagt dein Vater denn dazu?«, fragte Paseas bewundernd.

»Er weiß es noch gar nicht«, flüsterte Hegias. »Und ihr dürft es auch nicht verraten. Bis übermorgen.«

Iris schaute ihn fragend an, aber dann rief sie: »Mikions Geburtstag! Natürlich! Und du hast ihm …«

Rasch hielt Hegias ihr den Mund zu. »Nicht so laut!«, zischte er. »Sonst hört er es noch!«

»… die Schale bemalt!«, beendete Iris den Satz flüsternd. »Da wird er sich aber freuen!«

Das Lächeln verschwand aus Hegias' Gesicht. »Vielleicht«, sagte er traurig. »Aber jetzt, wo die Maske weg ist und Vater auch noch meint, ich hätte sie zerbrochen …«

»Wisst ihr, was ich immer noch die ganze Zeit überlege?«, unterbrach Paseas ihn plötzlich. »Wenn du es nicht warst … bei den Göttern des Olymp, wer war es dann?«

Ein neuer Verdacht

»Moment mal!«, sagte Iris und drehte wieder eine Locke um den Finger.

Die Jungen warteten gespannt, was nun kam. Iris hatte sie schon oft mit guten Ideen überrascht.

»Also wenn jemand die Maske zerbrochen hat, wie hat er das gemacht?«, grübelte sie. »Hegias hat sie ja eindeutig nicht heruntergeschossen. Aber irgendwie muss der andere doch drangekommen sein!«

»Du hast recht!«, rief Paseas. »Sie hängt viel zu hoch, um sie einfach herunterzuholen!«

Er streckte die Hand aus und versuchte, an die Stelle heranzureichen, wo die Maske befestigt gewesen war. Aber er schaffte es nicht, obwohl er größer war als die anderen beiden.

»Der Täter muss also groß gewesen sein«, stellte er fest. »Ein großer Erwachsener.«

»Vielleicht hat er eine Leiter benutzt?«, fragte Hegias eifrig. Er war so froh, dass wenigstens seine Freunde ihm glaubten. Gemeinsam würden sie herausfinden, was wirklich mit der Maske passiert war.

Er trat dichter an den Ofen heran. »Aber dann müssten doch hier irgendwo Spuren sein!«

Die Kinder untersuchten den Ofen gründlich.

»Nichts!«, sagte Paseas enttäuscht. »Überall ist der Ofen rußig. Nur wo die Maske hing, ist er hell.«

»Also hat er keine Leiter benutzt, sonst wären hier helle Striche, als hätte etwas über die Ofenkuppel gekratzt!«, stellte Iris fest. »Da ist aber nichts.«

»Dann hat er sie vielleicht anders zerbrochen. Wir müssen die Scherben suchen!«, sagte Hegias unruhig. »Sofort. Vielleicht hat Vater ja recht und die Maske schützt uns auch noch, wenn sie gekittet ist.«

»Und wo willst du sie suchen?«, fragte Paseas. »Sie können doch überall sein! Auf sämtlichen Abfallhaufen der Töpfer hier in der Nachbarschaft. Bei den vielen Scherben fallen ein paar mehr oder weniger gar nicht auf!«

»Das ist mir egal! Genau da suche ich jetzt!«, rief Hegias und rannte aus der offenen Hoftür hinaus auf die Straße. Er wollte keine Minute mehr verlieren. Und wenn er hundert Abfallhaufen untersuchen musste – wenn es half, die Maske wiederzufinden, dann würde er genau das tun.

Seine Freunde folgten ihm rasch. In einer schmalen Gasse zwischen den beiden Häusern gegenüber war der erste hohe Abfallhaufen, auf den die beiden Töpfer alle ihre Scherben geworfen hatten. Es waren zerbrochene und seltsam verformte Dachziegel, die sich beim Brennen verzogen hatten und deshalb nicht mehr zu gebrauchen waren.

Hegias fing an zu wühlen, warf hastig die erreichbaren Scherben weiter nach hinten und hoffte offenbar, dabei ein Stück der Maske zu entdecken.

Paseas und Iris beobachteten ihn geduldig. Es hatte keinen Zweck, ihm zu widersprechen, das wussten sie. Er musste selbst merken, wie wenig Sinn das hatte, was er da tat. Sie blickten die Straße hinunter auf die lange Reihe Häuser, in denen fast nur Töpfer wohnten. Alle hatten ähnliche Abfallhaufen. Es war klar, dass sie so nicht weiterkamen.

»Das dauert doch viel zu lange!«, rief Iris schließlich. »Bald wird es dunkel. Das schaffen wir nie!«

Mit vor Anstrengung rotem Gesicht drehte Hegias sich um.

»Hast du vielleicht eine bessere Idee?«, fragte er verzweifelt.

»Hab ich«, antwortete Iris lächelnd.

Erstaunt schauten die Jungen sie an.

»Wisst ihr noch, was passiert ist, als Hegias die Amphoren mit dem Ball vom Regal geholt hat?«

Paseas zuckte die Schultern. »Wir sind wegen des Gepolters aus der Werkstatt gelaufen, um nachzusehen, was passiert war. Und dann haben wir die Scherben weggeräumt.«

»Ja, aber ich bin dann noch mal zum Regal gegangen und hatte keine Sandalen an. Und da habe ich mir doch an den winzigen spitzen Tonresten den Fuß verletzt, wisst ihr nicht mehr? Es waren solche Tonkrümel, wie da vor dem Abfallhaufen liegen.«

Hegias begriff sofort. Wenn Tongefäße zerbrachen, entstanden feine Krümel, die man normalerweise nicht mit den Scherben wegräumte. Sie traten sich einfach in den gestampften Lehmboden des Hofes. Er lief als Erster zurück und kniete sich vor den Ofen. Dort strich er mit der flachen Hand über den Lehmboden vor dem Feuerloch und hielt sie dann Paseas und Iris entgegen.

»Nichts!«, sagte er aufgeregt. »Nur normaler Staub!« Er wischte sich die Hand an seinem Chiton ab und stand auf. Triumphierend blickte er seine Freunde an. »Das heißt, die Maske ist gar nicht kaputt, sonst lägen hier Tonkrümel! Du hast recht, Iris! Was für ein Glück!«

»Freu dich nicht zu früh«, warf Paseas dazwischen. »Sie ist weg. Irgendetwas muss mit ihr passiert sein.

Und wenn sie nicht verschwunden ist, weil jemand sie kaputt gemacht hat«, fügte er nachdenklich hinzu, »dann muss jemand sie gestohlen haben. Und zwar jemand, der groß genug ist, dass er keine Leiter dafür braucht.«

Hegias und Iris starrten ihn entsetzt an.

»Aber wer tut denn so was?«, fragte Hegias.

»Und warum?«, fügte Iris empört hinzu.

Sie konnten die Sache nicht weiter besprechen, denn in diesem Moment flog die Tür zur Werkstatt wieder auf.

»Das gibt es doch nicht!« Andokides stürzte heraus und kam mit großen Schritten über den Hof. »Sie ist weg?«

»Athene beschütze uns!«, rief Elena, die hinter ihm hereilte. Ihr Gewand war mit rötlichem Tonstaub bedeckt, denn sie arbeitete als Vasenmalerin in der Werkstatt ihres Mannes. Da sie die kleineren Gefäße beim Bemalen vorsichtig auf dem Schoß hielt, hatte sie ständig Spuren ihrer Arbeit auf der Kleidung.

Mikion folgte den beiden. Er war immer noch zornig und schien völlig vergessen zu haben, dass Hegias eigentlich im Haus sein sollte.

»Bei Zeus, es ist wahr!« Genauso fassungslos wie die Kinder starrte Andokides auf den hellen Fleck an

Wie wohnt man im antiken Athen?

Alle Wohnhäuser sind aus Lehmziegeln, Bruchstein oder Holz gebaut. Nur öffentliche Gebäude und Tempel sind aus teurem Kalkstein und Marmor. Die Häuser haben zwei Stockwerke mit mehreren Zimmern um einen Innenhof. Dort steht ein Brunnen oder eine Zisterne für aufgefangenes Regenwasser. Eine Holztreppe führt aus dem Hof auf eine Galerie mit Türen zu weiteren Zimmern. Im unteren Stock sind die Werkstatt, das Esszimmer der Männer *(andron)*, die Küche und das Bad mit der Terrakotta-Badewanne. Die Toilette besteht aus einem tragbaren Terrakotta-Sitz, den man auf ein Gefäß stülpt. Im ersten Stock sind der Frauenbereich *(gynaikeion)* und die Schlafzimmer der Familie. Die verputzten Zimmerwände sind in warmen Farben gestrichen. Möbel gibt es nur wenige.

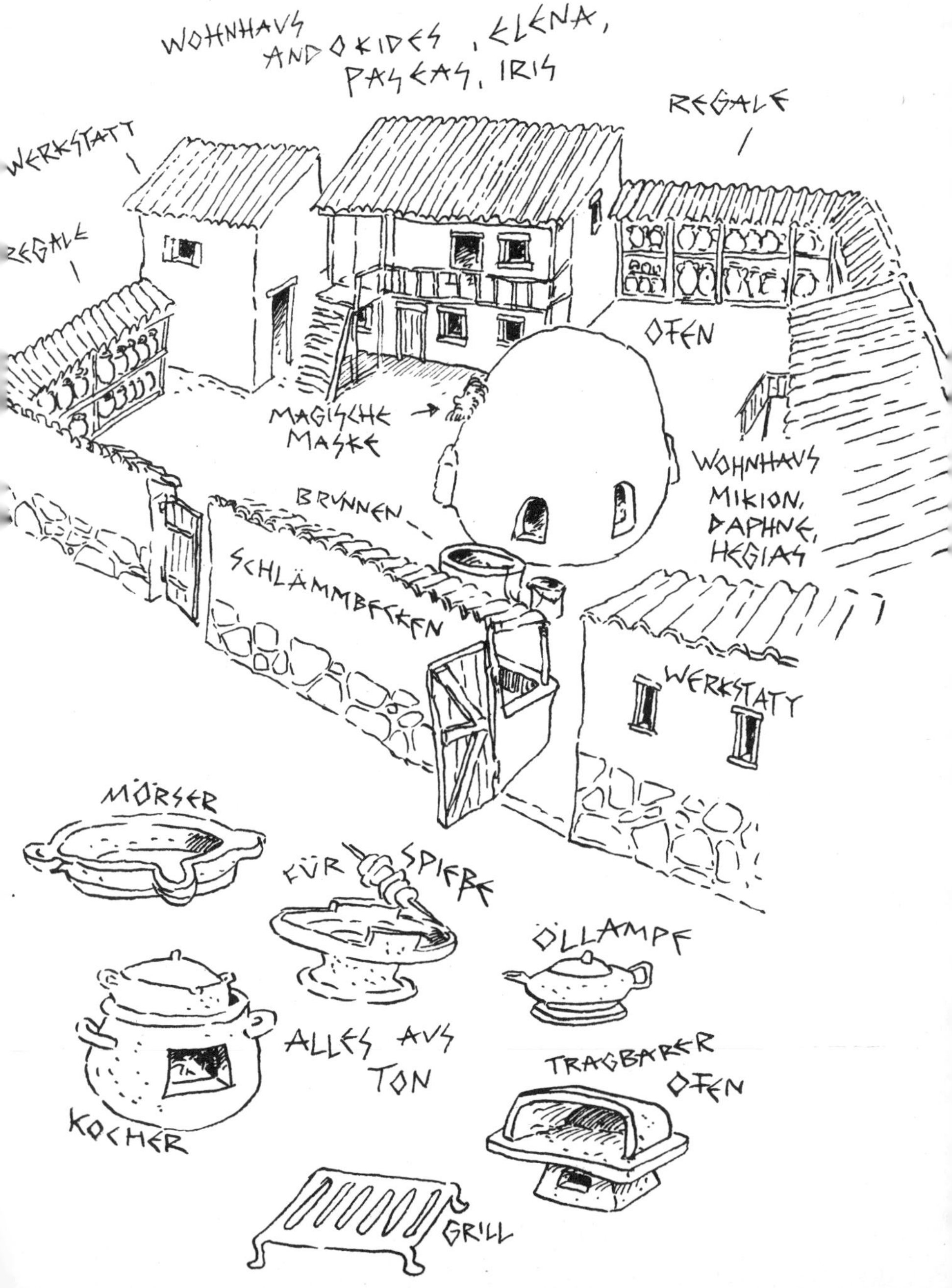
WOHNHAUS
ANDOKIDES, ELENA,
PASEAS, IRIS
REGALE
WERKSTATT
REGALE
OFEN
MAGISCHE MASKE
WOHNHAUS
MIKION,
DAPHNE,
HEGIAS
BRUNNEN
SCHLÄMMBECKEN
WERKSTATT
MÖRSER
FÜR SPIESSE
ÖLLAMPE
ALLES AUS TON
KOCHER
TRAGBARER OFEN
GRILL

der Ofenkuppel. »Und du hast es eben erst gemerkt, Mikion?«, fragte er bestürzt. Dann wirbelte er zu Hegias herum. »Was hast du dir dabei gedacht? Du hättest doch wenigstens etwas sagen können!«

»Wann ist denn das passiert?«, mischte sich Elena ein. »Vielleicht hätten wir noch Zeit gehabt, etwas zu tun!«

Hegias konnte sich nicht verteidigen, denn nun kam auch seine Mutter Daphne aus dem Haus gelaufen. »Was in Athenes Namen ist denn hier los?«, fragte sie aufgeregt.

Mikion richtete sich zu seiner vollen Größe auf und donnerte: »Unser Sohn hat die magische Maske zerbrochen und es nicht für nötig gehalten, uns davon zu erzählen!«

Erschrocken schlug Daphne sich eine Hand vor den Mund. Hegias starrte seine Mutter verzweifelt an. Sogar sie schien zu glauben, dass er schuld an dem ganzen Unglück war!

»So etwas darf einfach nicht passieren!«, explodierte Mikion. »Es ist ja nicht einfach irgendein Gefäß, es ist die magische Maske! Ihr wisst alle, was das bedeutet!«

Daphne schaute ihren Mann erschrocken an. Sie wusste, wie sehr Mikion sich aufregen konnte, wenn er sich wirklich ärgerte, aber so zornig hatte sie ihn noch nie erlebt.

Mikion bemerkte die verwunderten Gesichter der anderen. Man sah ihm an, welche Anstrengung es ihn kostete, aber er nahm sich zusammen.

»Es tut mir leid«, sagte er schon wieder ruhiger. »Wenn ich hier herumbrülle, dann hilft das ja auch nichts. Aber ich bin wütend, bei Zeus! Unsere Urgroßväter haben die Maske gemacht, Andokides, und seitdem hängt sie da am Ofen! Erinnere dich nur an meinen Vater und die glühende Kohle! Damals hat die Maske sogar Hegias gerettet. Jetzt ist es so, als hätten die Götter ihren Schutz von unseren Häusern genommen.« Missbilligend sah er Hegias an. »Und du bist schuld daran!«

»Aber das stimmt doch nicht!«, rief Iris.

»Ach, hat er dich eingewickelt?«, fragte Mikion verärgert. »Du glaubst seine Lügengeschichten?«

»Und was ist, wenn jemand die Maske einfach gestohlen hat?«, rief Paseas dazwischen.

»Ha!« Mikion lachte bitter. »Ich bitte dich! Jemand spaziert also in unseren Hof und stiehlt unsere Maske? Das ist nicht dein Ernst, oder? Komm«, drängte er Andokides ungeduldig. »Wir verlieren kostbare Zeit mit diesem Unsinn. Lass uns weiter beraten, was wir tun können. Vielleicht können wir ja den Ofen von einem unserer Nachbarn benutzen.«

Er warf einen vernichtenden Blick auf Hegias. »Ins Haus!«, befahl er, wandte sich jäh um und stapfte in Andokides' Werkstatt zurück. Langsam folgten ihm die anderen Erwachsenen und schließlich standen die Kinder wieder allein auf dem Hof.

Hegias schüttelte empört den Kopf. »Warum glauben sie nur alle, ich hätte es getan?«

»Na ja«, versuchte Iris zu erklären. »Sie kennen doch alle die Sache mit dem Ball und den Amphoren. Manchmal braust du genauso auf wie dein Vater und dann denkst du gar nicht mehr daran, was für Folgen das haben kann.«

»Das hilft uns aber nicht weiter!«, sagte Paseas entschieden. »Ich denke, jemand hat die Maske gestohlen. Aber was will er damit?«

»Keine Ahnung.« Hegias war ratlos. »Sie ist ja nur für uns wichtig, für andere ist sie völlig wertlos.«

»Genau das ist es!«, rief Iris. »Merkt ihr es nicht? Sie ist nur für uns wichtig. Also ist sie nicht einfach gestohlen worden. Jemand will uns schaden!«

Entsetzt sahen die Jungen sie an. So musste es sein! Sie hatten einen Feind! Und sie hatten keine Ahnung, wer es sein könnte.

Ein Wink des Himmels 

Auf dem Hof war es inzwischen stockdunkel geworden. Fröstelnd blickte Paseas sich um.

»Lasst uns morgen früh weiterreden!«, sagte er. »Es hat jetzt keinen Zweck mehr.«

»Du hast recht!«, nickte Hegias. »Bis morgen!«

Rasch lief er hinüber zum Wohnhaus. Er wollte nicht noch einmal Mikions Zorn auf sich ziehen. Schließlich sollte er ja schon die ganze Zeit dort sein.

Er holte sich Brot und Käse aus der Küche und entzündete ein Öllämpchen am Herdfeuer. Bevor er die Holztreppe vom Hof zum oberen Stock hinaufstieg, spähte er vorsichtig aus der Tür. Mikion und Daphne standen am Ofen und sprachen leise miteinander. Paseas und Iris waren nicht mehr zu sehen. Wie der Blitz lief er die Treppe hinauf.

Hier oben war das Reich seiner Mutter. Hegias ging am hohen Webrahmen vorbei, der in einer Ecke stand. Daphne webte die Stoffe für die Kleidung der Familie. Im Moment arbeitete sie an einem Chiton für Hegias. Er war sehr gewachsen in letzter Zeit.

Körbe mit gereinigter Wolle waren an der Wand aufgereiht. Offenbar hatte seine Mutter gerade Wollfäden zum Spinnen vorbereitet, als sie die Aufregung im Hof hörte. Hegias hatte ihr oft genug dabei zugesehen, wie sie den endlos langen groben Faden, aus dem sie später feines Garn spinnen wollte, über ihrem Bein drehte. Dafür benutzte sie einen Beinschutz aus Keramik, der jetzt achtlos neben ihrem Schemel lag. Mikion hatte ihn angefertigt. Er sah aus wie eine halbe Röhre und passte genau auf ihren Oberschenkel. Über eine Fläche aus vielen in den Ton geritzten Schuppen konnte sie so Wolle zu einem Faden drehen, ohne dass ihr Gewand vom Fett aus der Wolle hässliche Flecken bekam. Daphne hatte sich sehr gefreut. »Was für eine gute Idee!«, hatte sie lachend zu Mikion gesagt. »Beim Töpfern ruiniere ich mir meine Kleidung schon genug!«

Hegias ging an den Wollkörben vorbei zum vorderen Teil des Hauses, wo direkt über der Werkstatt sein kleines Zimmer war. Erleichtert öffnete er die Tür. Er brauchte jetzt dringend Ruhe zum Nachdenken. Auf den Holzdielen stand ein einfaches Bett, es gab einen Tisch und einen Stuhl und an der Wand eine Truhe – mehr brauchte er nicht. Er war sowieso jede freie Minute in der Werkstatt seines Vaters.

Was trägt man im antiken Athen?

Stoffe werden aus gesponnener Wolle, Seide oder Leinen gewebt und dann gefärbt. Der Chiton (Tunika) wird an den Schultern mit Fibeln (Gewandnadeln) zusammengehalten. Für Frauen ist er bodenlang, Männern reicht er bis zum Knie. Sklaven dürfen ihn nur über einer Schulter befestigen. Darüber trägt man ein Himation (Mantel), das mit reichem Faltenwurf über die linke Schulter gelegt wird. Der Peplos, der auch Athene regelmäßig zum Geburtstag geschenkt wird, ist ein Frauengewand aus einem gemusterten Wollstoff. Er wird mit Fibeln befestigt und mit einem Gürtel gehalten. Dazu trägt man Sandalen, Schuhe und Stiefel (Männer). Frauen haben komplizierte Frisuren, denn das Haar gilt als Schmuck. Die Haare der jungen Männer sind kurz, ältere Männer tragen längere Haare und einen Bart.

Er stellte das Öllämpchen auf den Tisch neben seinem Bett. Dann legte er sich hin und stopfte sich ein Kissen in den Rücken. Und während er Brot und Käse aß, dachte er über diesen merkwürdigen Tag nach. Das war nicht einfach, denn in seinem Kopf drehte sich alles im Kreis. Da war diese furchtbare Sache mit seinem Vater. Er musste ihn unbedingt von seiner Unschuld überzeugen. Aber das konnte er nur, wenn er die Maske fand. Wenn er aber die Maske wiederhaben wollte, musste er herausfinden, wer sie gestohlen hatte. Und das machte Hegias Angst. Vielleicht war der Dieb ja gefährlich! Auf jeden Fall war er kaltblütig genug, einfach die Maske vom Ofen zu stehlen. Und sie hatten es alle nicht gemerkt.

Wer konnte es nur sein? Die Erwachsenen waren viel zu zornig auf ihn, weil sie ihn für schuld an dem ganzen Unglück hielten. Sie konnten also nichts damit zu tun haben. Außerdem wollten sie die Amphoren brennen, was ohne die Maske nicht ging. Sie würden sich ja nicht selbst schaden.

Die Vasenmaler? Die konnten es auch nicht gewesen sein. Hegias biss in den Käse und schüttelte den Kopf. Nein. Es traf die Vasenmaler genauso, wenn man nicht brennen konnte. Smikros und Epiktetos in der Werkstatt seines Vaters wussten das, und

Onesimos in Andokides' Werkstatt auch. Die drei arbeiteten als Sklaven, aber sie hatten die Chance, sich einen Namen als Künstler zu machen und sich deshalb vielleicht eines Tages sogar freizukaufen.

Das gelang aber nur, wenn die Gefäße fertig wurden. Besonders die Amphoren für die Panathenäen.

Deshalb schrieben sie sogar stolz ihre Namen darauf. »Mikion hat mich gemacht, Smikros hat mich bemalt«, stand auf den Amphoren, die sie verkauften. Es war eine gute Werbung für Töpfer *und* für Vasenmaler. Es gab wirklich viele Töpfereien in Athen.

Hegias lächelte. Er erinnerte sich, wie er selbst mit etwas krakeligen Buchstaben »Hegias hat mich bemalt« auf die Schale geschrieben hatte, die er seinem Vater schenken wollte. Wenn sie gebrannt werden konnte. Allein schon deshalb musste er die Maske wiederfinden!

Vielleicht würde sein Vater an seinem Geburtstag ja begreifen, was für einen Sohn er hatte, grübelte Hegias. Wenn er die Schale bekam, dann würde er sehen, was in seinem Sohn steckte. Dass er ein guter Töpfer werden wollte, der sogar malen konnte.

Hegias zog schniefend die Nase hoch. Bloß nicht wieder weinen! Das konnte er jetzt nicht brauchen. Jetzt musste er mutig sein. Er musste unbedingt die

Maske finden. Und den Dieb. Da! Jetzt war er wieder am Anfang angekommen. Wer hatte sie gestohlen?

Nein. Hegias wollte nicht, dass seine Gedanken wieder zu kreisen anfingen. Das half nicht weiter. Für das, was er vorhatte, brauchte er einen klaren Kopf.

Entschlossen steckte er sich das letzte Stück Brot in den Mund. Er löschte das Öllämpchen und drehte sich auf die Seite. Da hörte er, wie sich seine Tür leise öffnete und seine Mutter flüsterte: »Nein, er schläft schon. Lass ihn, Mikion.« Dann wurde die Tür wieder sacht geschlossen.

Hegias seufzte. Durch das offene Fenster konnte er das Mondlicht weiß auf den Dächern der gegenüberliegenden Häuser schimmern sehen. Seltsam, wie sich nachts die Farben veränderten. Die Tonziegel auf den Dächern waren eigentlich rot.

Bestimmt war es ein Fremder, dachte er, als ihm die Augen zufielen. Ein groß gewachsener Einbrecher. Ein Maskendieb. Vielleicht war er ja irgendwann im Dunklen über die Mauer geklettert. Sie sollten sich einfach einen Hund anschaffen. Der würde dann nachts auf dem Hof aufpassen. Hegias seufzte noch einmal tief und schlief dann endlich ein.

Aber es war ein unruhiger Schlaf und er schreckte mitten in der Nacht auf. Draußen war ein Rascheln zu hören. Und dann ein kratzendes Geräusch auf dem Holzbalken vor dem Fenster. Es war leise, aber Hegias wurde trotzdem davon wach. Er öffnete die Augen und fuhr zusammen. Jemand stand vor seinem Fenster. Aber das konnte doch gar nicht sein! Sein Zimmer war doch im oberen Stock! Und gerade hatte er noch von einem Riesen geträumt, der sich eine bärtige Maske vor das Gesicht hielt. Eine Satyrmaske! Der Riese hatte wild im Hof getanzt und dabei alle Amphoren zertrampelt. Aber das war nur ein Traum gewesen. So groß war niemand!

Er wagte nicht, sich zu bewegen, und starrte gebannt auf den schwarzen Schatten. Zwei weiß glühende Augen in einem runden Kopf schienen ihn anzublicken. Dann drehten sie sich langsam von ihm fort. Der Schatten bewegte sich etwas zur Seite. Und dann breitete er die Flügel aus und flog davon.

Eine Eule! Hegias war so erleichtert, dass er fast laut gelacht hätte. Er lief leise zum Fenster und blickte dem Vogel Athenes nach, der lautlos durch das helle Mondlicht glitt. Warum hatte die Eule ihn geweckt? Eulen waren leise. Man hörte sie nicht. Vielleicht hatte die Göttin ihren Vogel geschickt, um ihn zu trösten? Das taten Götter manchmal. Oder war es ein Zeichen, dass sie die Maske finden würden?

Plötzlich zuckte er zusammen. Von der Straße klang Wispern zu ihm herauf. Wer trieb sich so spät noch vor ihrem Haus herum? Er lauschte angestrengt. Vielleicht konnte er ja verstehen, worüber geredet wurde.

Es waren zwei Stimmen.

»Du bekommst erst morgen das Geld! Aber nur, wenn du alles so gemacht hast, wie wir es besprochen haben«, zischte die eine Stimme.

»Natürlich habe ich das!«, flüsterte die andere. »Was glaubst denn du?«

»Du hast die Masken verschwinden lassen?«

»Wie es abgemacht war.«

»Beide?«

»Ja. Auch der andere kann nicht brennen.«

Ein leises, böses Kichern.

»Gut so!«

Die Stimme murmelte noch etwas, aber das konnte Hegias oben am Fenster nicht mehr verstehen. Er hörte, wie sich gedämpfte Schritte eilig entfernten. Irgendwo in der Nähe wurde fast geräuschlos eine Tür geschlossen. Dann war alles wieder ruhig.

Hegias wusste jetzt, warum Athenes Vogel ihn geweckt hatte. Es war nicht nur ein Dieb, es waren zwei. Und sie klangen gefährlich.

Unter der Platane

Den Rest der Nacht hatte sich Hegias unruhig im Bett herumgewälzt. Der Riese mit der Satyrmaske war in seinen Träumen immer wieder aufgetaucht. Er war im Hof herumgesprungen, immer rund um den Ofen. »Du bekommst das Geld!«, hatte er geflüstert. Und dann hatte er böse gekichert.

Erschrocken und verwirrt fuhr Hegias am frühen Morgen aus dem Schlaf auf und blickte zum Fenster. Draußen wurde es Tag. Strahlend ging die Sonne über den roten Dächern des Kerameikos-Viertels auf. Es war nach den Keramikern, den Töpfern Athens, benannt, die fast alle hier im Westen der Stadt ihre Werkstätten hatten. Die ersten Geräusche waren zu hören. Eine Tür schlug zu, irgendwo bellte ein Hund, eine Frau rief etwas und lachte.

Das machte Hegias endgültig wach. Schnell stand er auf, zog sich einen frischen Chiton über und lief die Treppe zum Hof hinunter. Es war noch niemand zu sehen, nur in der Küche traf er auf die Haussklavin. Sie gab ihm einen Becher Ziegenmilch, den er hastig austrank. Gleich kam bestimmt der Rest der Familie, aber er wollte seinem Vater erst wieder begegnen, wenn er Genaueres über die Maske wusste. Er musste herausfinden, wer die beiden Fremden waren, und zwar so schnell wie möglich. Aber allein würde er das nicht schaffen. Er brauchte Iris und Paseas dazu. Er musste ihnen sofort alles erzählen!

Ein Stück Brot und ein kleines Töpfchen Oliven steckte er vorsorglich in einen Beutel. Essen konnte er jetzt nichts, dazu war er viel zu aufgeregt, aber vielleicht später. Während er sich den Beutel umhängte, lief er eilig über den Hof. Hoffentlich waren Iris und Paseas auch schon auf!

Er hatte Glück. Paseas kam laut gähnend aus dem Haus, Iris folgte ihm. Als sie Hegias sahen, waren sie beide sofort hellwach.

»Ich muss euch etwas erzählen«, flüsterte Hegias aufgeregt.

»Was ist denn los?«, wisperte Iris erwartungsvoll.

»Nicht hier. Kommt mit zur Platane!«

Seine Freunde wussten sofort, was er meinte. Zwischen dem Kerameikos-Viertel und der Agora, dem Marktplatz von Athen, erhob sich ein flacher Hügel, über den seit alter Zeit die Stadtmauer verlief. Am Fuß des Hügels unterhalb der Mauer hatten die

Das antike Athen um 530 v. Chr.

Der hohe Felsen der Akropolis (»Oberstadt«) ist schon um 2000 v. Chr. besiedelt. Im Lauf der Zeit wohnen immer mehr Menschen auch am Fuß des Felsens. Die Stadt Athen entsteht. Um 530 v. Chr. ist sie mit Agora (Marktplatz) und Areopag (»Hügel des Ares«) von einer Stadtmauer umgeben. Rund um die Agora stehen Gebäude für die Verwaltung, ein Gefängnis und Werkstätten. Bis 330 v. Chr. das Panathenäen-Stadion (das heutige Panathinaikon-Stadion) aus Marmor gebaut wird, finden die Wettkämpfe auf der Agora statt. Vor der alten Stadtmauer im Westen Athens liegt eins der berühmtesten Stadtviertel, das Kerameikos-Viertel. Rechts und links der Panathenäenstraße lebt hier ein Großteil der 300 Töpfer, der *kerameis* Athens. Das Viertel ist nach ihnen benannt und auch das heutige Wort »Keramik« stammt von diesem griechischen Wort.

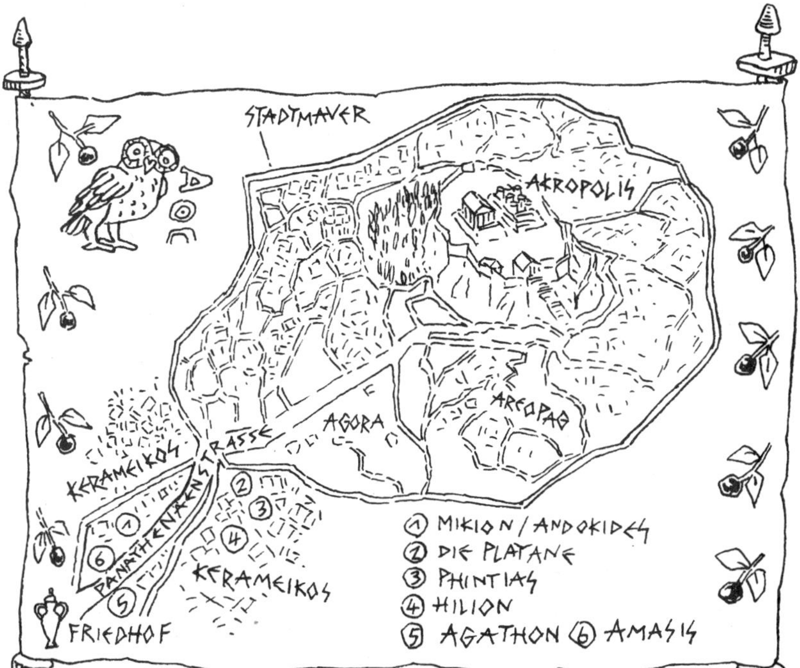

Freunde einen Geheimplatz. Dort stand eine uralte Platane. Zwischen ihren riesigen, knorrigen Wurzeln verschwanden die drei Kinder völlig, wenn sie in Ruhe reden wollten. Niemand würde sie dort stören.

»Weißt du, wo die Maske ist?«, fragte Paseas gespannt.

Hegias schüttelte den Kopf und legte den Finger auf die Lippen. »Kommt mit!«

Rasch liefen die drei zur Hoftür. Trotz der Eile dachte Paseas daran, an die Tür zu klopfen und sie dann erst zu öffnen. Die Hoftüren gingen nach außen auf und man schlug sie leicht jemandem vor den Kopf, der ahnungslos vorbeiging. Also hatte man sich in Athen angewöhnt, zu klopfen, bevor man eine Hoftür öffnete. Aber so früh am Morgen war noch niemand draußen zu sehen.

Sie rannten, so schnell sie konnten, zur Platane und kauerten sich zwischen die Wurzeln.

»Nun erzähl schon!«, sagte Iris. Sie platzte fast vor Neugier. »Was ist los?«

»Weißt du, wo die Maske ist?«, fragte Paseas noch einmal.

»Nein«, antwortete Hegias. »Aber hört mal zu.« Er erzählte flüsternd, was in der Nacht passiert war. Gebannt folgten die Geschwister der Geschichte.

»Also ist es so, wie wir gedacht haben«, sagte Paseas kopfschüttelnd. »Jemand will uns schaden.«

Iris nickte. »Und er hat gesagt, dass jetzt beide Töpfer nicht brennen können. Er wusste, dass wir zusammen einen Ofen benutzen! So eine Gemeinheit!«

»Nein, das hat er nicht gemeint!«, widersprach Hegias. »Er hat gesagt, er hat *beide Masken* verschwinden lassen. Das heißt, nicht nur unsere, auch noch die von einem anderen Töpfer.«

»Aber wer bezahlt jemanden dafür, dass er magische Masken klaut?«, fragte Paseas aufgebracht.

»Vielleicht war es einer von unseren Nachbarn?«, überlegte Iris.

»Genau! Hast du die Stimmen erkannt?«, fragte Paseas.

»Nein. Sie haben doch nur geflüstert.«

»Aber du hast doch gesagt, das Türgeräusch war ganz in der Nähe!«, warf Iris ein. »Dann *muss* es doch einer von unseren Nachbarn sein!«

»Das glaube ich nicht«, antwortete Hegias. »Sie machen doch ganz andere Sachen als wir. Die beiden gegenüber stellen Dachziegel her. Und der neben uns macht nur Schalen und die ganz großen Gefäße für den Friedhof. Die können es nicht sein. Ich glaube nämlich, es geht um die Preisamphoren.«

»Da könntest du recht haben!« Paseas traf die Erkenntnis wie ein Blitz. »Dann macht das Ganze Sinn! Jemand ist neidisch auf unsere Aufträge!«

»Aber wer?« Hegias runzelte die Stirn.

Nachdenklich drehte Iris eine Locke um den Finger. Paseas strich über das alte Holz der Platane und fuhr mit dem Finger die Furchen in der Wurzel entlang. Hegias merkte plötzlich, dass er hungrig wurde. Es tat ihm gut, sich mit seinen Freunden zu beraten. Wenigstens war er nicht mehr zu unruhig zum Frühstücken. Das Brot und die Oliven in seinem Beutel fielen ihm ein. Er holte sie heraus und verteilte sie.

Kauend überlegten die Kinder weiter.

»Wem außer uns fehlt noch seine Maske?«, fragte Iris plötzlich. »Das müssen wir herausfinden!«

»Und wie willst du das machen?«, lachte Paseas. »Weißt du, wie viele Töpfer es gibt? Die können wir doch nicht alle fragen!«

»Müssen wir ja auch gar nicht«, antwortete Iris. »Nur die, die Preisamphoren herstellen, wenn Hegias recht hat. Und ich glaube, er hat recht.«

»Hm!«, machte Paseas. Das stimmte auch wieder.

Hegias spuckte einen Olivenkern aus und sagte: »Das können nicht viele sein. Die Sieger bei den Sängern und bei den Flöten- und Leierspielern be-

Wie viele Preisamphoren bekommen die Sieger?

Jungen ab 12 Jahren:	1. Preis:	2. Preis:
Lauf	50	10
Pentathlon (Fünfkampf)	30	6
Ringkampf	30	6
Faustkampf	30	6
Pankration (Allkampf)	40	8
Jugendliche ab 18 Jahren	**1. Preis:**	**2. Preis:**
Lauf	60	12
Pentathlon (Fünfkampf)	40	8
Ringkampf	40	8
Faustkampf	40	8
Pankration (Allkampf)	50	10
Erwachsene:	**1. Preis:**	**2. Preis:**
Lauf	80	16
Pentathlon (Fünfkampf)	60	12
Ringkampf	60	12
Faustkampf	60	12
Pankration (Allkampf)	70	14
Pferde- und Wagenrennen:	**1. Preis:**	**2. Preis:**
Zweispänner Fohlen	40	8
Vierspänner Pferde	140	40
Zweispänner mit Waffenträger	40	8
Zweispänner Streitwagen	30	6
Pferderennen	16	4
Speerwurf vom Pferd	5	1

kommen Geld. Die Waffentänzer, die Fackelläufer und die Ruderer auch. Bleiben nur die Athleten, die Reiter und die Wagenlenker. Nur die bekommen Amphoren mit Olivenöl.«

Iris nickte, nahm ein Stöckchen und ritzte Striche in die Erde zwischen den Wurzeln der Platane.

»Also«, sagte sie. »Es gibt drei Gruppen von Athleten, die Jungen, die Jugendlichen und die Erwachsenen. Und es gibt fünf verschiedene Wettbewerbe für jede Gruppe.« Sie zählte die Striche. »Das sind schon fünfzehn Töpfer.«

»Das muss nicht sein«, widersprach Hegias. »Manchmal stellt ein Töpfer ja auch die Amphoren für alle drei Gruppen her. Es ist seinen Vasenmalern doch egal, ob sie große oder kleine Läufer malen.«

»Wir wissen aber nicht, wie die Aufträge dieses Jahr vergeben worden sind. Und deshalb sind es fünfzehn Striche«, beharrte Iris.

Paseas nickte. »Gut. Dann gibt es noch die Pferderennen mit und ohne Wagen und mit und ohne Waffen.« Er schloss die Augen und zählte. »Insgesamt sechs Wettbewerbe. Also noch sechs Töpfer dazu.«

»Dann kommen zusammen nur höchstens einundzwanzig infrage«, rechnete Hegias. »Und zwei davon müssen wir nicht befragen, denn das sind wir. Wir haben die Amphoren für das Wagenrennen mit dem Vierspänner gemacht und ihr die Amphoren für den Ringkampf der Erwachsenen.«

Iris wischte zwei Striche wieder aus.

»Also neunzehn. Immer noch viele«, sagte sie sorgenvoll. »Und wo sollen wir anfangen?«

Sie starrten auf die vielen Striche in der Erde.

»Ich weiß«, rief Hegias. »Wir fangen mit den Töpfern an, die wir gut kennen. Vielleicht können die uns ja schon was sagen, das uns weiterhilft.«

»Gute Idee! Aber wir müssen trotzdem aufpassen!«, warnte Paseas.

»Wieso?«, fragte Hegias erstaunt. »Ich meine doch die Freunde unserer Eltern! Die wollen uns doch bestimmt nicht schaden!«

»Bist du sicher?«, wandte Iris ein. »Es geht um viel Geld. Und wir kennen sie nicht alle gleich gut.«

»Wenn sie ihre Maske noch haben, können sie doch auch die Täter sein!«, fügte Paseas hinzu.

»Also gut. Dann müssen wir eben sehr vorsichtig sein!«, seufzte Hegias. Ihm gefiel es nicht, dass plötzlich alle Menschen, die sie schon so lange kannten und mochten, auch verdächtig waren. Wenn es um Geld ging, konnte man niemandem trauen.

»Und bei wem genau fangen wir an?«, fragte Paseas. »Wir wissen doch gar nicht, wer von ihnen Preisamphoren macht.«

Hegias überlegte. »Bei Phintias? Er hat einen Auftrag bekommen. Und er wohnt hier in der Nähe.«

»Gut, versuchen wir es!«, sagte Paseas.

»Ich glaube, wir können ihm trauen!«, nickte Iris. »Er kennt uns schon so lange und ist sehr nett. Er wird sich nicht wundern, wenn wir ihn fragen, ob ihm eine magische Maske fehlt.«

Sofort machten die Kinder sich auf den Weg zurück ins Kerameikos-Viertel. Aber plötzlich blieb Hegias wie angewurzelt stehen. Er bückte sich und hob etwas Blinkendes vom Boden auf. Eine Münze. Eine Drachme, die jemand verloren haben musste. Strahlend wandte er sich an seine Freunde.

»Wir haben Glück, ich weiß es!«, flüsterte er.

Iris und Paseas schauten ihn fragend an.

»Die Drachme lag genau vor mir auf dem Boden!«, erklärte er begeistert. »Und als ich sie gesehen habe, da war die Seite mit der Eule oben!«

»Erst eine Eule heute Nacht und jetzt schon wieder eine!« Paseas nickte überzeugt. »Wir werden den Dieb finden! Athene ist auf unserer Seite.«

Hegias steckte die Drachme lächelnd in seinen Beutel.

Eine bodenlose Frechheit!

Inzwischen waren viele Menschen unterwegs. Die Kinder kamen auf der Hauptstraße Athens, der Panathenäenstraße, nur langsam voran. Die Straße führte quer durch das ganze Kerameikos-Viertel, dann weiter durch das alte Stadttor und an der Agora, dem großen Marktplatz, vorbei bis zur Akropolis.

»Hier ist es ja so voll wie bei den Spielen!«, stöhnte Paseas und drängte sich an einem dicken Athener vorbei, der ihm entgegenkam. Der summte fröhlich vor sich hin, pflügte sich einen Weg durch die Menge und dachte gar nicht daran, Platz zu machen. Fast hätte er noch Iris umgerannt, aber sie hatte sich rechtzeitig in Sicherheit gebracht.

»Schlimmer!«, ächzte sie, als sie wieder neben Paseas stand. »Es ist so voll wie beim Fackellauf!«

Während der Panathenäen-Spiele säumten unzählige Zuschauer die Straße. Sie wurde dann zur Wettkampfstrecke der Fackelläufer, die darum wetteiferten, wer als Erster beim Opferaltar auf der Akropolis ankam und das Feuer darauf entzünden durfte.

Hegias hielt seinen Beutel fest umklammert und folgte seinen Freunden. Beladene Lastesel trotteten gemächlich an ihm vorbei und zweirädrige Karren voller Waren wurden von Maultieren zum Marktplatz gezogen.

»Vorsicht!«, rief Paseas plötzlich.

Aber Hegias und Iris waren schon zur Seite gesprungen. Sie hatten die lauten Rufe auch gehört, mit denen mehrere Sklaven auf sich aufmerksam machten. Auf einem schweren, vierrädrigen Ochsenkarren transportierten sie lange Holzpflöcke und Bretterstapel zum Marktplatz.

»Sie bauen ja schon die Zuschauertribüne auf die Agora!«, rief Iris erstaunt.

»Ja«, antwortete Hegias. »Sie wollen doch vor den Spielen noch prüfen, ob sie hält! Sonst passiert wieder so ein Unglück wie letztes Mal.«

Während des Wettlaufs der Erwachsenen hatte es plötzlich ein lautes Krachen gegeben. Die Tribüne hatte sich geneigt und war dann einfach aus der Verankerung im Boden ausgebrochen und umgefallen. Zum Glück waren die Menschen mit Beulen und Schrammen davongekommen. Seitdem gab es immer wieder Diskussionen im Rat von Athen, wann endlich ein richtiges Stadion für die Panathenäen-

Freie Bürger, Fremde und Sklaven

Freie Bürger von Athen sind in Athen geborene Söhne von freien Bürgern. Nur sie bekleiden politische Ämter und sprechen Recht. Frauen haben diese Bürgerrechte nicht und auch nicht die Fremden, die Metöken, die in Athen als Kaufleute, Künstler oder Handwerker leben. Manche der berühmten Töpfer und Vasenmaler sind Metöken. Die Mehrheit der Bevölkerung bilden die Sklaven. Sie arbeiten in Silberminen und Steinbrüchen, in der Landwirtschaft, im Haus und in den Werkstätten der Handwerker. Oft werden sie bezahlt, können sich nach einer bestimmten Zeit freikaufen und als Metöken in der Stadt leben. Manchmal erhebt die Stadt einen Metöken für seine Verdienste sogar zum freien Bürger. Dann dürfen auch seine Söhne an den Wettbewerben der Panathenäen teilnehmen.

Spiele gebaut würde. So eines wie in Olympia. Aber bisher war man noch nicht weitergekommen.

Als der Wagen vorbei war, bogen die Kinder von der Panathenäenstraße in das Gewirr der Kerameikos-Gassen ein. Der Geruch von heißem Metall schlug ihnen aus der offenen Tür einer Werkstatt entgegen. Phintias hatte seine Töpferei ganz in der Nähe bei den Schmieden und Bronzegießern. Für das Einschmelzen des Metalls brauchten sie das Feuer genauso wie die Töpfer und auch sie mussten den Gott Hephaistos besänftigen. Dafür hingen keine Masken, aber gleich mehrere Weihetafeln an ihren Öfen.

Neugierig warfen die Kinder einen Blick in die Werkstatt. Der Bronzegießer war mit seinen Sklaven dabei, eine Statue zusammenzusetzen und zu verlöten. Wie eine große Puppe ohne Kopf und Arme lag sie halb fertig auf dem Rücken und streckte ihre Beine steif in die Luft. Irgendwann würde sie auf einem Sockel in vorgeneigter Haltung stehen, einen Schild festhalten und einen Speer werfen. Die Waffen lagen schon fertig neben ihr.

»So etwas könnte man doch auch mal auf eine Schale malen!« Hegias zeigte auf die Statue.

»Ja«, lachte Iris. »Es sieht witzig aus.«

Aber Paseas rief: »Kommt! Da vorne ist es schon.«

Am Ende der Gasse traten sie durch die Tür in einen kleineren, aber ganz ähnlichen Hof wie bei ihnen zu Hause. Es gab ein Wohnhaus, die Werkstatt, Schlämmbecken und Regale voller Preisamphoren. Hegias hatte recht gehabt. Auch Phintias war einer der Glücklichen, die einen Auftrag bekommen hatten. Und da stand auch sein Ofen. Gespannt liefen die Kinder um ihn herum auf die Seite mit dem Feuerloch. Oben an der Kuppel hing die magische Maske des Töpfers. Er hatte sie also noch. Gehörte er auch zu den Verdächtigen? Vielleicht konnten sie es daran merken, ob er sich benahm wie immer oder irgendwie verändert war.

»Wer ist da?« Phintias kam aus seiner Werkstatt und blickte suchend über den Hof. Er konnte die Kinder hinter dem Ofen nicht sehen.

»Ist da jemand?«, rief er noch einmal.

»Ja, wir!« Iris lief mit den anderen rasch zu ihm.

»Ach, ihr seid es!«, rief Phintias lachend. Er war fast so groß wie Hegias' Vater und hatte eine dröhnende Stimme. »Ich dachte schon, es wäre ein Einbrecher. Man kann nicht vorsichtig genug sein.«

Die Kinder nickten. Wie recht er hatte!

»Wollt ihr meine Amphoren bewundern? Ich habe schon einige gebrannt. Ich bin gut in der Zeit.«

Stolz zeigte er seinen Besuchern die zweiundsiebzig Amphoren für die ersten und zweiten Sieger im Laufwettbewerb der Jugendlichen. Die Göttin Athene mit ihrem Schild und ihrem Speer sah besonders kämpferisch aus. Und die Läufer auf der anderen Seite der Vase machten einen so lebendigen Eindruck, dass man sie fast rennen sah. Hegias betrachtete sie ein wenig neidisch. Er dachte an den Töpfer auf seiner Schale und war sicher, dass er noch lange üben müsste, um Menschen so malen zu können. Phintias musste sehr gute Vasenmaler haben.

»Was kann ich für euch tun?«, fragte er freundlich.

»Wir haben eine Frage«, fing Paseas zögernd an.

Aufmerksam musterte Phintias die Kinder. »Es muss etwas Ernstes sein, sonst würdet ihr fröhlicher aussehen. Kommt herein, damit wir reden können.«

Er führte die Kinder in seine Werkstatt. Niemand war da. Seine Vasenmaler schienen unterwegs zu sein. Die Kinder sahen, dass es drei sein mussten, denn auf einem langen Tisch waren drei Arbeitsplätze zu erkennen. Zwei bauchige Amphoren und eine Schale warteten darauf, bemalt zu werden. Auf der Töpferscheibe stand eine sehr hohe Vase mit einem langen Hals und zwei senkrecht daran klebenden Henkeln. Neugierig traten die Kinder näher.

»Heiratet jemand?«, fragte Iris. Sie wusste, dass man dieses Gefäß mit Wasser aus einer heiligen Quelle füllte und für Hochzeitsfeiern brauchte.

»Ja«, lachte Phintias. »Die Tochter des Bronzegießers da vorne am Anfang der Straße. Wir werden ihr noch einen besonders schönen Hochzeitszug daraufmalen.«

Prüfend strich er über die Nahtstellen an der Vase. Die einzelnen Teile hatte er schon zusammengesetzt und mit Ton verklebt. Phintias war zwar groß, aber auch er konnte Gefäße auf der Töpferscheibe natürlich nur in einem Stück herstellen, wenn sie nicht länger als sein Arm waren. Jetzt musste die Vase noch trocknen, bevor sie bemalt wurde.

Er zeigte auf die Schemel am Tisch und sagte freundlich: »So, nun setzt euch und erzählt.«

Die drei Freunde blickten sich kurz an. Auf Hegias machte Phintias einen harmlosen Eindruck. Er war so freundlich wie immer. Ob er ihm einfach alles erzählen sollte? Unmerklich nickte Paseas und Iris zuckte die Schultern. Sie mussten einfach irgendwo anfangen, wenn sie mehr herausbekommen wollten.

Also erzählte Hegias die ganze Geschichte von Anfang an. Phintias' Augen wurden beim Zuhören immer größer. Einmal unterbrach er Hegias mit einem dröhnenden: »Was? Das ist ja unglaublich!«, aber dann hörte er kopfschüttelnd weiter zu.

Als Hegias am Ende angekommmen war, rief der Töpfer: »Die Kerle können froh sein, dass ich sie nicht kenne! Was für eine bodenlose Frechheit! Und wie kann ich euch helfen?«

»Wir dachten, du kennst vielleicht die Töpfer, die Preisamphoren herstellen. Wahrscheinlich gehört die zweite Maske einem von ihnen«, erklärte Paseas.

»Und vielleicht bekommen wir dann heraus, warum überhaupt zwei Masken gestohlen worden sind«, fügte Iris hinzu.

Phintias nickte. »Ich weiß zwar nicht, wem die zweite Maske fehlen könnte, aber eure Idee, den Unglücklichen bei den Töpfern der Preisamphoren zu suchen, ist sehr gut!«

»Wir wissen nur nicht, wer genau Aufträge bekommen hat.« Iris zuckte die Schultern.

»Aber Andokides und Mikion kennen die doch bestimmt auch, oder?«, fragte Phintias erstaunt. »Habt ihr sie nicht gefragt?«

»Mein Vater weiß nichts von den Dieben«, gab Hegias zu. »Er würde mir sowieso nichts mehr glauben. Er ist so böse auf mich …«

Phintias blickte Hegias mitleidig an. Er kannte

Mikion und wusste, wie dickköpfig er sein konnte, wenn er von einer Sache überzeugt war. Er konnte sich gut vorstellen, womit Hegias zu kämpfen hatte.

»Und es geht natürlich schneller, wenn wir nicht alle Töpfer fragen müssen«, erklärte Iris.

»Ha!«, rief Phintias. »Da hättet ihr viel zu tun. Aber wenn es weiter nichts ist, das ist leicht! Ich habe dieses Mal aufgepasst, wer bei den Glücklichen war, denn ich wollte genau diesen Auftrag haben. Der Sohn meiner Schwester macht nämlich bei dem Laufwettbewerb der Jugendlichen mit! Und da soll der Preis doch sozusagen in der Familie bleiben!«

Er zwinkerte den Kindern zu, stand auf und fischte eine Tonscherbe aus seinem Abfallhaufen.

»Hier«, sagte er und reichte Hegias die Scherbe und einen Metallgriffel. »Schreib auf.«

Und dann diktierte er ihm eine vollständige Liste aller Töpfer, die in diesem Jahr Preisamphoren herstellten. Hegias ritzte die Namen in die Scherbe und merkte, dass er recht gehabt hatte. Manche Töpfereien stellten die Amphoren für alle drei Altersgruppen einer Sportart her. Mit den Vätern der Kinder waren es nur insgesamt zwölf Töpfer. Phintias hatte seine Maske noch, also blieben neun übrig, die sie befragen mussten. Das hörte sich schon besser an.

»Einer von denen ist das zweite Opfer«, erklärte Phintias und tippte mit einem Finger auf Hegias' Scherbe. »Da gehe ich jede Wette ein. Eine andere Erklärung gibt es nicht.«

Plötzlich hörte man Stimmen, knirschende Räder und das Trappeln von Hufen auf dem Hof. Kurz darauf kam einer von Phintias' Vasenmalern herein.

»Der neue Ton ist da!«, sagte er mit einem erstaunten Blick auf die Kinder. »Was machen wir jetzt damit?«

»Ich komme«, antwortete der Töpfer. »Einen Augenblick.«

Nachdem der Vasenmaler die Werkstatt verlassen hatte, tippte Phintias wieder auf die Scherbe und sagte ernst: »Einer von denen ist das zweite Opfer. Aber einer von denen kann auch der Täter sein. Ich hoffe, das ist euch klar?«

Beklommen nickten die Kinder.

»Das wissen wir. Wir sind vorsichtig!«, versprach Hegias und warf seinen Freunden einen erleichterten Blick zu. Wie gut, dass sie bei Phintias begonnen hatten! Er verhielt sich wie immer und seine Empörung über den Maskendieb schien echt gewesen zu sein. Oder hätte er sie sonst vor dem möglichen Täter gewarnt, wenn es nicht so wäre?

Auf falscher Fährte

Phintias führte die Kinder hinaus auf den Hof. Er sah immer noch besorgt aus.

»Ihr meldet euch bei mir, wenn ihr Hilfe braucht?«, fragte er und blickte sie dabei eindringlich an. »Ihr wisst ja, wo ihr mich antreffen könnt. Ich werde hier sein.«

»Ja«, antwortete Paseas fest.

»Gut!«, nickte Phintias. »Ich hoffe, ihr findet den wahren Täter, damit du deinen Vater überzeugen kannst, dass du es nicht warst!«, sagte er lächelnd zu Hegias. »Mikion kann manchmal so ein Sturkopf sein! Schrecklich!«

Trotz allem musste Hegias lachen. Der Töpfer wies auf seine Vasenmaler und zwei besonders kräftig aussehende Sklaven. Sie standen um einen Karren herum, der bis oben hin mit rötlicher Tonerde beladen war.

»Hier wird jetzt weitergearbeitet«, verabschiedete sich Phintias von den Kindern. »Ich wünsche euch Glück!«

Er winkte ihnen kurz zu und ging dann zum Karren. Auf dem Weg zur Hoftür hörten die Kinder seine Stimme über den Hof schallen: »Also los! Ladet den Ton ab und schüttet zwei große Körbe davon schon mal in die Schlämmbecken!«

Sofort liefen die Sklaven los und holten Wasser aus dem Brunnen, während sich Phintias um den Ton kümmerte.

»Das wird anstrengend!« Paseas drehte sich um und schaute zu. »Wie bei uns zu Hause.«

»Aber so kann er kontrollieren, was mit dem Ton passiert!«, antwortete Hegias. »Deshalb machen wir das doch auch!«

Phintias vertraute den Tongruben offenbar genauso wenig wie die Väter der Kinder. Normalerweise bestellten die Töpfer den vorbereiteten Ton bei der Grube. Dort war die Tonerde von Sklaven gereinigt und durch stundenlanges Treten mit den Füßen von Luftblasen befreit worden. In feuchte Tücher eingeschlagen wurde der Ton dann in großen, runden Laiben zu den Töpfereien transportiert. Manche Töpfer ließen diese Arbeit aber lieber von ihren eigenen Sklaven machen.

»Ich habe schon genug Holz und Dreck in dem angeblich gereinigten Ton gefunden. Dafür bezahle ich keine einzige Drachme mehr!«, hatte Andokides eines Tages geschimpft und mit Mikion überlegt, ob sie nicht eigene Schlämmbecken nahe bei ihrem Brunnen einrichten sollten, um die Erde von Blättern, Stöckchen und anderen Dingen zu reinigen.

Hegias' Vater hatte sofort zugestimmt. Unter ihrer Aufsicht entstand so in mehreren Arbeitsschritten der feine Ton für ihre Gefäße.

»Kommt«, sagte Hegias zu seinen Freunden. »Wir müssen los. Und wir stehen hier im Weg.«

Iris strich noch ein letztes Mal den beiden geduldig vor dem Karren wartenden Maultieren über die Nasen und folgte den Jungen auf die Straße.

»Wohin gehen wir zuerst?«, fragte sie und flüsterte dann überrascht: »Was macht der denn hier?«

»Wer?« Paseas blickte sich suchend um.

»Ich dachte, Onesimos wäre gerade da in die Gasse eingebogen. Er ist schon weg.«

»Unser Vasenmaler?«, fragte Paseas erstaunt. »Aber Mutter wollte doch heute mit ihm einen Auftrag fertig machen! Der muss doch in der Werkstatt sein!«

»Vielleicht habe ich mich ja getäuscht und der Mann sah ihm nur ähnlich, weil er Sklavenkleidung trug«, sagte Iris. Sie warf einen Blick auf Hegias' Liste. »Wohin gehen wir jetzt?«

Töpfer und ihre Kunst

Um 530 v. Chr. haben die Töpfer *(kerameis)* Athens nicht nur einem Stadtviertel ihren Namen gegeben, sie sind weit über die Grenzen Attikas berühmt. Sie haben ein Verfahren entdeckt, wie sie den eisenhaltigen, roten Ton aus Attika so brennen können, dass er am selben Gefäß rote und schwarze Färbungen annimmt. Es gibt nichts, das sie aus Ton nicht herstellen können. Selbstbewusst setzen sie ihre Namen auf die Gefäße, besonders auf die Preisamphoren für die Panathenäen. Töpfer sind freie Bürger von Athen oder auch Metöken (»Fremde«). Ihre ganze Familie und mehrere Sklaven arbeiten in der Werkstatt mit, um die verschiedensten Gefäße, Grabtafeln, Kochgeschirr, Spielzeug und andere Gebrauchsgegenstände herzustellen.

PANATHENÄEN- PREISAMPHOREN
CA. 65 CM
LOUTROPHOROS
HOCHZEITSGEFÄSS
BAUCHIGE
VORRATS-
AMPHORE
OINOCHOE
WEINKRUG
KRATER
ZUM MISCHEN
VON WASSER
+ WEIN
CA. 80 CM
CA. 30–50 CM
CA. 10–30 CM
CA. 40–60 CM
ARFÜM/SALBEN)
RYBALLOS
ALABASTRON
PYXIS
(SCHMUCK)
KYLIKES
WEINSCHALEN
CA. 5–7 CM
CA. 10–12 CM
CA. 14–45 CM

»Zu Hilinos«, las er vor, »gleich hier um die Ecke.«

Der Töpfer wohnte nur zwei Querstraßen weiter neben einem Goldschmied. Seine Werkstatt war sehr viel kleiner als die von Phintias, aber an seinem Ofen im schmalen Hof hing seine magische Maske und seine Preisamphoren standen fertig gebrannt und sogar schon poliert und glänzend auf den Regalen. Sechsunddreißig Amphoren für die beiden ersten Sieger im Faustkampf aus der Gruppe der Jungen.

»Seht mal«, sagte Paseas und zeigte auf verschiedene kleine Gefäße. »Ein Alabastron und eine Pyxis! Endlich mal keine Amphoren!«

Neben bemalten Tonkännchen für Parfüm waren fein gearbeitete runde Keramikdosen in verschiedenen Größen auf dem Regalbrett aufgereiht. Manche hatten rundherum gleichmäßig nach innen gebogene Wände, andere standen sogar auf drei Füßen. Aber alle besaßen einen passenden Deckel mit oder ohne Knauf.

»Deckeldosen sind sehr beliebt!«, sagte eine freundliche Stimme plötzlich.

Erschrocken fuhren die Kinder herum und lachten erleichtert, als sie Hilinos erkannten. Er hatte sich so leise angeschlichen, dass sie ihn gar nicht gehört hatten.

»Worin sollten die Frauen auch sonst ihren Schmuck aufbewahren?«, fuhr Hilinos belustigt über den gelungenen Streich fort. »Und es passt doch gut, dass gleich nebenan der Goldschmied den Schmuck für die Dosen herstellt, oder was meint ihr? Nun gut, er hämmert ein bisschen viel. Aber daran gewöhnt man sich.«

Der Töpfer lachte vergnügt. Er war jung, hatte ein fröhliches Gesicht und betrachtete die Dinge immer erst einmal von ihrer guten Seite. Die Kinder mochten ihn sehr. Hilinos war schon oft bei ihnen gewesen und hatte mit Smikros und Elena beratschlagt, wie ihre neue Maltechnik auch auf seinen Schmuckdosen zur Geltung käme. Andokides und Mikion schätzten den jungen Töpfer sehr und auch die Kinder vertrauten ihm. Deshalb erzählten sie ihre Geschichte und fragten ihn auch danach, ob er vielleicht etwas über eine zweite gestohlene magische Maske gehört hätte.

Hilinos wurde schlagartig ernst.

»Nein, davon habe ich nichts gehört!«, rief er bestürzt. »Die Töpfer hier in der Gegend scheinen alle ganz zufrieden zu sein. Wenigstens die mit einem Auftrag für die Panathenäen, und nach denen sucht ihr ja, wenn ich das richtig verstanden habe?«

»Und wer ist nicht zufrieden?«, fragte Iris aufgeregt. Vielleicht wusste Hilinos ja mehr!

»Och, so ziemlich alle anderen«, erklärte der Töpfer. »Ihr wisst doch, was es immer für ein Hauen und Stechen um die Aufträge gibt! Die, die leer ausgehen, sind wütend und enttäuscht und wollen die anderen schlechtmachen. Es wäre ihnen auch zuzutrauen, magische Masken zu stehlen, damit keine Preisamphoren gebrannt werden können.«

Verzweifelt blickte Hegias seine Freunde an. Hatten sie falsch überlegt? War der Täter doch nicht nur unter denen mit einem Auftrag für die Panathenäen zu suchen?

»Und welche von den Töpfern sind das?«, wollte Paseas wissen. »Wir könnten uns die ja auch mal ansehen.«

Hilinos überlegte. »Das sind so viele, aber ich habe gehört, dass – wie heißen sie noch – Kalamis und Diodotos ziemlich böse waren. Glaubt mir, es ist aussichtslos. Bei den unzähligen Töpfereien hier in Athen ist es fast unmöglich, den Dieb zu finden.« Er schüttelte bedauernd den Kopf. »Mehr weiß ich auch nicht.«

Als die Kinder sich enttäuscht von ihm verabschiedet hatten, blieben sie eine Weile niedergeschmettert auf der Straße stehen. »Wenn Hilinos recht hat«, sagte Hegias schließlich unglücklich, »dann finden wir die Maske nie.«

»Wartet mal.« Iris drehte versonnen eine Locke um den Finger. Sie schien eine Idee zu haben, denn plötzlich zog sie die Jungen weiter und bog in die nächste Straße ein. »Hilinos hat gelogen«, flüsterte sie.

»Was? Bist du verrückt?« Sprachlos blickte Paseas seine Schwester an. »Hilinos doch nicht!«

»Wie kommst du denn darauf?«, fragte Hegias entgeistert.

»Kalamis und Diodotos sind keine Töpfer. Der eine stellt Schmucksteine her und der andere ist Silberschmied. Hilinos weiß das sehr gut, denn er macht die Deckeldosen für ihren Schmuck.«

»Mutters silberne Gewandfibel!«, wisperte Paseas und blieb unvermittelt stehen. »Natürlich! Vater hat sie von den beiden machen lassen und ihr geschenkt, weißt du noch?«

Iris nickte mit blitzenden Augen. »Genau!«

Langsam gingen sie weiter.

»Dann steckt Hilinos mit in der Sache?«, fragte Hegias fassungslos. »Das hätte ich nie gedacht!«

»Vielleicht kennt er ja den Dieb auch nur und will ihn decken?«, warf Paseas dazwischen. Er konnte immer noch nicht glauben, dass der freundliche, lustige Hilinos sie tatsächlich belogen hatte.

Iris zuckte die Schultern. »Vielleicht«, sagte sie zögernd. »Vielleicht wollte er uns aber auch nur auf die falsche Fährte locken und …«

»… das heißt«, unterbrach Paseas sie aufgeregt, »dass wir auf der *richtigen* Fährte sind. Alles ist genau so, wie wir uns überlegt haben! Es geht doch nur um die Töpfer mit Preisamphoren!«

»Aber wir müssen noch vorsichtiger sein. Phintias hatte recht!«, rief Hegias. »Ab jetzt traue ich niemandem mehr.«

»Einen gibt es noch, dem wir vielleicht trauen können«, wandte Iris ein.

»Und wer soll das sein?« Paseas sah sie zweifelnd an.

»Der alte Agathon«, erklärte sie. »Er steht auch auf unserer Liste.«

»Ja, vielleicht«, stimmte Hegias zu. »Er tut eigentlich keiner Fliege was zuleide. Obwohl … das haben wir von Hilinos doch auch gedacht.«

»Kommt!«, sagte Paseas entschlossen. »Wir versuchen es.«

Er kickte ein Steinchen in den Bach, neben dem sie seit einiger Zeit herliefen. Er hieß Eridanos und floss durch das Kerameikos-Viertel, beschrieb weit hinter dem Friedhof einen Bogen und mündete dann in den Fluss Ilissos. Seine Quelle lag zwar im Nordosten der Stadt, aber erst im Kerameikos-Viertel kam er ans Tageslicht. Er floss unterirdisch und nahm auf seinem Weg das Abwasser aus den Kanälen der Agora und aus den Häusern des Viertels mit.

»Hier stinkt es mal wieder!«, rief Iris und hielt sich die Nase zu. »Können wir nicht woanders entlanggehen?«

Hegias drehte sich lachend zu ihr um, aber plötzlich erstarrte er und duckte sich hinter einen breiten Strauch, der direkt am Wasser wuchs. »Versteckt euch! Schnell!«, flüsterte er.

Paseas und Iris ließen sich neben ihn fallen.

»Was ist los?«

»Da vorne gehen unsere Vasenmaler. Smikros und Epiktetos. Ich will nicht, dass sie uns sehen. Ich gehe erst nach Hause, wenn ich den Dieb kenne.«

»Wieso rennen unsere Vasenmaler heute eigentlich ständig in Athen herum? Sie müssten doch alle in der Werkstatt sein!«, wunderte sich Paseas.

Neugierig linste Iris über den Busch. Die beiden Sklaven verschwanden in einer der Gassen des Kerameikos-Viertels.

»Sie sind weg«, berichtete sie. »Und können wir jetzt wirklich woanders hergehen? Hier stinkt es!«

»Wir sind doch gleich da«, antwortete Hegias und streckte sich wieder in die Höhe. »Agathons Töpferei ist da vorne, die letzte vor dem Friedhof.«

Der große Friedhof vor der Stadt lag zwar noch westlich vom Kerameikos-Viertel, aber er gehörte dazu. Die meisten Grabbeigaben und auch der Gräberschmuck bestanden aus den verschiedensten Tongefäßen. Kein Wunder, dass sich die Töpfereien in der Nähe des Friedhofs angesiedelt hatten.

Hegias hatte recht. Sie waren auf ihrer Suche in einem Halbkreis durch das Viertel gelaufen und trafen jetzt wieder auf die Panathenäenstraße. Rechts und links der Straße konnten sie die ersten Grabmäler erkennen. Und davor stand ganz allein und ein ganzes Stück von den anderen Töpfern entfernt das Haus des Töpfers Agathon. Rasch betraten die Kinder den Hof und schauten sich um.

»Da ist sein Ofen«, sagte Iris.

Sie liefen um den Ofen herum und blieben wie angewurzelt stehen. Oben an der Kuppel war ein heller Fleck, wo eigentlich die Maske hätte hängen müssen. Hatten sie das zweite Opfer der Maskendiebe gefunden?

In Agathons Werkstatt

Agathons hagere Gestalt saß zusammengesunken auf dem Steinsockel vor dem Feuerloch. Er hatte die Ellbogen auf die Knie gestützt und fuhr sich niedergeschlagen mit beiden Händen durch seine weißen Haare. Zuerst bemerkte er seine Besucher gar nicht. Erst als er sich kopfschüttelnd über den Bart strich und dabei aufblickte, entdeckte er die Kinder.

»Ach!«, sagte er müde. »Ihr seid es!«

Die Kinder erkannten den Töpfer kaum wieder. Agathon war sonst so ein lebhafter Mann! Trotz seines Alters stand er nie still, redete immer mit Händen und Füßen, und das so schnell, dass man ihm kaum folgen konnte.

Agathon schüttelte wieder hilflos den Kopf und zeigte auf den Ofen hinter sich. »Habt ihr das gesehen? Jemand hat mir meine magische Maske gestohlen. Ich kann nicht brennen.«

Vielsagend blickten sich die Kinder an. Agathon war das zweite Opfer! Ihre Suche hatte sich gelohnt.

»Was soll ich nur tun?«, jammerte der alte Töpfer. Er stand auf und blickte an seinem Ofen hoch zur Kuppel mit dem leeren hellen Fleck. »Es ist entsetzlich!« Verzweifelt schüttelte er den Kopf. »Wer macht denn so was? Es wird mich ruinieren! Ich kann doch meine Preisamphoren nicht alle einzeln zum Ofen eines anderen Töpfers tragen!«

»Unsere Maske ist auch gestohlen worden!«, sagte Hegias leise. »Wahrscheinlich vorgestern Nacht.«

»Was?«, rief Agathon entrüstet. Plötzlich kam wieder Leben in ihn. »Unglaublich! Ein Maskendieb geistert nachts durch Athen und fügt den Töpfern Schaden zu? Was soll das?«

»Das wissen wir noch nicht«, antwortete Paseas.

»Aber wieso seid ihr zu mir gekommen? Fehlen noch mehr Masken? Und wenn ja, wem? Was sagen Andokides und Mikion dazu?« Die Fragen sprudelten nur so aus Agathons Mund und seine flinken Augen blickten forschend von einem zum anderen.

»Wir hatten keine Ahnung, dass du deine Maske auch nicht mehr hast«, antwortete Paseas.

»Es sind nur zwei gestohlen worden«, fügte Hegias hinzu. »Und wir haben die ganze Zeit nach dem zweiten Töpfer gesucht. Wir wussten nicht, dass du es bist.«

»Woher wisst ihr überhaupt, dass nur zwei Masken fehlen?«

Hegias zögerte kurz, entschied sich aber dann, ihm zu erzählen, was er in der Nacht belauscht hatte und was sie daraus geschlossen hatten. »Mein Vater und Andokides wissen nichts von dem Dieb!« Und als er Agathons fragendes Gesicht sah, fügte er hinzu: »Sie würden es wohl auch gar nicht glauben.«

»Ach so«, sagte Agathon. »Das hast du ja gesagt. Sie glauben, du bist schuld, deshalb hast du ihnen nichts von den beiden Fremden erzählt und willst lieber den Dieb auf eigene Faust suchen und so weiter ... ja, ja, ich verstehe.«

Agathon nickte und rieb sich unternehmungslustig die Hände. »Ihr könnt auf meine Hilfe zählen! Kommt mit. Wir müssen die Sache beraten.«

Er war wie ausgetauscht. Geschäftig führte er seine Besucher in seine Werkstatt.

»Setzt euch, setzt euch!«, sagte er und wedelte mit seinen Händen in Richtung einer Holzbank.

Auf dem Tisch davor standen mehrere flache Schalen, die zum Teil schon bemalt waren. Man trank mit Wasser verdünnten Wein aus ihnen. Vor Jahren hatte einer von Agathons Vasenmalern die Idee gehabt, auf den Rand der Außenseiten jeweils zwei große Augen zwischen die Henkel zu malen. Trank jemand seine Schale aus, hob er sie dabei wie eine witzige Maske vor sein Gesicht. Der runde hohle Fuß unterhalb der Augen wirkte wie ein erstaunt geöffneter Mund und die beiden Henkel rechts und links standen ab wie Segelohren. Agathon hatte viel Humor. Es sah ihm ähnlich, diese Schalen auf den Markt zu bringen. Und er hatte Erfolg gehabt! Augenschalen waren inzwischen so beliebt, dass auch andere Töpfer ihre Schalen so bemalen ließen. Sie fanden nicht nur in Athen reißenden Absatz, sie wurden sogar in andere Teile Griechenlands verschifft.

Aber jetzt nahm der Töpfer noch nicht einmal wahr, dass die Schalen überhaupt auf dem Tisch standen. Es gab Wichtigeres. Er zog einen Schemel heran und setzte sich den Kindern gegenüber.

»Also«, sagte er. »Ich fasse mal zusammen, was du mir erzählt hast. Es gibt zwei Leute in dieser Stadt, die etwas gegen Töpfer haben, die Preisamphoren herstellen. Der eine bekommt Geld, und zwar dafür, dass er zwei magische Masken stiehlt. Der andere ist wichtiger, denn er bezahlt den Dieb und muss folglich einen Vorteil davon haben, wenn die beiden Masken fort sind. Ist so weit alles richtig?«

»Ja«, nickte Hegias. »Genauso ist es.«

»Und sie wollen uns schaden«, warf Paseas ein.

Agathons Zeigefinger fuhr in die Höhe. »Das stimmt! Wir können ja alle nicht brennen.«

»Moment mal!«, rief Iris. »Das ist es. Warum eigentlich wir? Und warum nur zwei Masken? Es geht um Töpfer, die Preisamphoren herstellen. Aber das sind nicht nur wir!«

Agathons Zeigefinger klopfte heftig auf den Tisch. »Recht hast du! Ich sage euch, jemand will nur euren Vätern und mir schaden, sonst niemandem!« Aufgebracht zeigte Agathon mit ausgestrecktem Arm zur Tür. »Da draußen warten achtundvierzig Amphoren darauf, gebrannt zu werden. Unerhört, so was!«

»Ja, aber warum?«, fragte Hegias ratlos.

Nachdenklich saßen sie da. Agathon zupfte unruhig an seinem Bart herum. Dann fuhr er sich durch die Haare, kniff die Augen zusammen und fragte: »Warum meint ihr eigentlich, dass der Täter auch einer von denen sein muss, die Preisamphoren herstellen? Es könnte doch irgendeiner von den vielen Töpfern sein, die in dieser Stadt arbeiten.«

»Eigentlich nicht«, sagte Paseas. Er überlegte fieberhaft, ob er von Hilinos und seiner Lüge erzählen sollte. Da hatten sie ja gemerkt, dass sie auf dem richtigen Weg waren. Aber er wollte lieber vorsichtig

Die Vasenmaler von Athen

Eine gute Töpferei in Athen braucht gute Vasenmaler. Sie stellen Helden und Götter genauso dar wie den Sport oder die Arbeit in der Werkstatt. Manchmal kennen wir heute das Alltagsleben der antiken Menschen nur durch diese anschaulichen Bilder. Einer der bekanntesten Maler ist Exekias (um 550 v. Chr.). Von ihm besitzen die Museen der Welt heute noch viele Gefäße. Er ist zuerst Töpfer, später auch Vasenmaler, und stellt als Erster in Athen die erfolgreichen Augenschalen her. Er signiert sie mit »Exekias hat mich bemalt«. Einer seiner Schüler soll der Erfinder des neuen Malstils sein: Personen und Gegenstände erscheinen auf den Bildern nicht mehr schwarz, sondern rot. Dieser neue »rotfigurige« Stil setzt sich rasch durch, nur die Panathenäen-Preisamphoren bleiben »schwarzfigurig«.

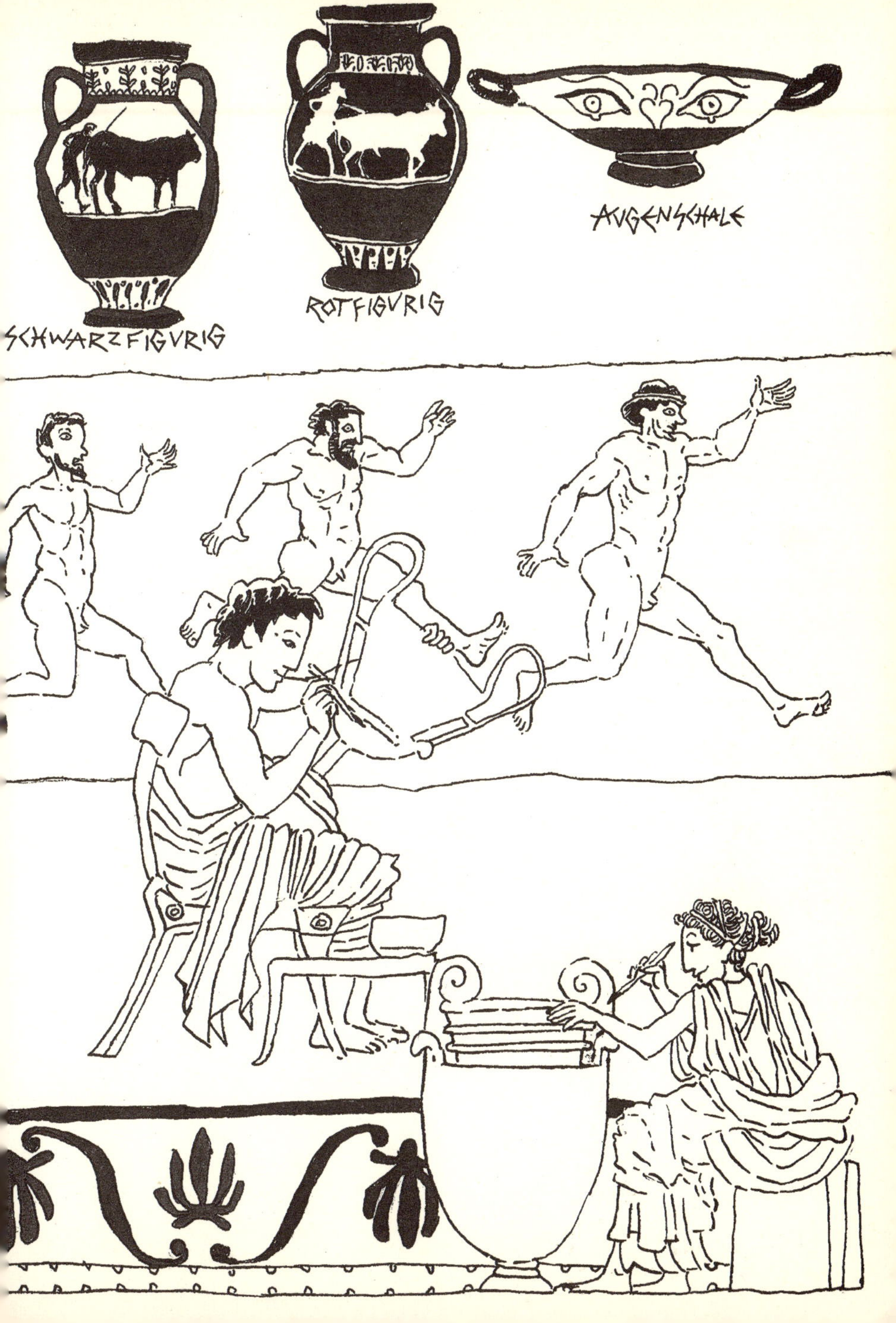
SCHWARZFIGURIG
ROTFIGURIG
AUGENSCHALE

sein und entschied sich dagegen. Stattdessen fragte er: »Warum sollte einer, der überhaupt nichts mit den Panathenäen zu tun hat, uns schaden wollen?«

»Aber Junge!«, rief Agathon und warf beide Hände in die Luft. »Das ist doch sonnenklar! Neid! Der pure Neid. Es bedeutet viel, einen Auftrag zu ergattern. Man ist nicht mehr irgendein Töpfer aus Athen! Man ist einer von denen, die Preisamphoren für die großen Spiele der Göttin Athene gemacht haben. Das ist einer der Gründe, warum die Namen der Töpfer auf den Amphoren stehen. Eine bessere Werbung gibt es nicht. Man wird bekannt und macht gute Geschäfte! Es geht um Geld. Um viel Geld!«

Iris seufzte. Das hatten sie inzwischen von jedem Töpfer gehört.

»Das ist klar«, sagte Hegias. »Aber damit kommen wir nicht weiter. Wir wissen nicht genug, um den Dieb zu finden.«

»Doch, doch«, widersprach Agathon. »Wir müssen ihn nur einkreisen. Jetzt und hier. Also, was wissen wir von ihm?« Er zählte es an den Fingern ab. »Er hat einen Vorteil davon, wenn wir nicht brennen. Er ist höchstwahrscheinlich neidisch. Und er ist rücksichtslos. Es ist ihm egal, dass wir unseren guten Ruf verlieren. Das ist doch schon mal was.«

»Vielleicht«, warf Paseas ein. »Aber warum hat er ausgerechnet *uns* die Maske gestohlen? Das ist doch die Frage.«

»Ich weiß!«, rief Iris. »Es geht doch um Geld! Vielleicht machen wir mehr Amphoren als die anderen?«

»Möglich.« Agathon zupfte wieder an seinem Bart. »Wie viele habt ihr denn hergestellt?«

»Hundertachtzig«, antwortete Hegias.

»Bei uns waren es sechzig«, fügte Paseas hinzu. »Wir haben Mikion noch beim Töpfern geholfen, weil er so viele hatte. Aber bemalt worden sind sie alle in seiner Werkstatt.«

»Und wir haben achtundvierzig Amphoren gemacht.« Agathon schüttelte den Kopf. »Das kann es nicht sein. Die Zahlen sind zu unterschiedlich.« Wieder raufte er sich die Haare. »Bei mir lohnt es sich doch gar nicht! Ich habe mich absichtlich um einen der kleinsten Aufträge bemüht. Wir hätten hier gar nicht mehr verkraftet, weil alle Welt Augenschalen von uns will. Bei euch ist das was anderes. Mikion hat den größten Auftrag, soviel ich weiß.«

»Also ist nur mein Vater gemeint?«, fragte Hegias beunruhigt. Der Gedanke gefiel ihm gar nicht.

»Wieso?«, rief Agathon. »Meine magische Maske fehlt auch. Und ich habe viel weniger Amphoren.«

»Dann muss es einen anderen Grund geben«, stellte Hegias erleichtert fest.

Wieder dachten sie über das Problem nach. Iris saß da, drehte eine Locke um den Finger und starrte auf den Tisch. Ganz in Gedanken wanderten ihre Augen über die Metallgriffel, die Zirkel und die Pinsel der Vasenmaler. Ihr Blick fiel auf die angefangenen Innenbilder der Augenschalen. Die Farben waren noch nicht so kräftig wie nach dem Brennen, aber man konnte erkennen, was die Bilder darstellten. Witzig. Da hatte ein Vasenmaler einen Mann gemalt, der sich mit einem Krug aus einem großen Gefäß neuen Wein in seine Schale schöpfte. Das passte gut, denn man sah das Bild erst, wenn man seine Schale ausgetrunken hatte. Iris musste lachen. Sie mochte Bilder, die eine Geschichte erzählten. Aber plötzlich fuhr sie zusammen und schlug die Hand vor den Mund. Das Bild auf der Schale hatte sie auf eine Idee gebracht. Sie merkte, dass die anderen sie erstaunt ansahen. »Vielleicht liegt es ja an den Bildern auf den Amphoren?«, fragte sie aufgeregt.

»Wieso denn das?«, fragte Hegias überrascht.

»Ja, das ist vielleicht gar nicht so schlecht!«, rief Agathon, der sofort verstand, was sie meinte.

Paseas zuckte die Schultern. »Aber was sollen denn die Bilder damit zu tun haben?«, fragte er verdutzt.

»Vielleicht ist der Dieb neidisch auf uns, weil unsere Vasenmaler etwas besonders gut malen können? Ringkämpfer oder Läufer oder so?«, schlug sie vor.

Hegias nickte. Er dachte an die fast lebendig wirkenden Läufer auf Phintias' Amphoren. Er war tatsächlich ein wenig neidisch gewesen. Es war gar keine schlechte Idee.

»Was für Bilder sind eigentlich auf deinen Amphoren, Agathon?«, fragte er.

»Wir haben die Amphoren für das Wagenrennen der Fohlen gemacht«, antwortete Agathon. »Für die Zweispänner.«

Erschrocken blickte Hegias den Töpfer an.

»Wir haben die Vierspänner auf die Amphoren gemalt«, sagte er heiser. »Für das große Wagenrennen.«

»Das ist es!«, flüsterte Iris in die Stille. »Pferde!«

»Jemand soll neidisch auf unsere Pferde sein?«, fragte Hegias ungläubig. »Warum denn? So schwer sind die doch gar nicht zu malen!«

Agathon lachte bitter, aber Paseas rief: »Du hast gut reden. Du malst Tiere gerne. Ich könnte das nicht!«

Iris rutschte ungeduldig auf der Bank hin und her. »Aber genau das meine ich. Der Dieb hat bestimmt etwas gegen gute Pferdemaler!«

Hegias hatte eine Idee. »Weißt du, wer die anderen Aufträge für die Pferderennen bekommen hat?«, fragte er Agathon.

Der zuckte die Schultern. »Ich weiß nur von Amasis. Aber für welches Rennen er sie macht, das weiß ich nicht. Und wer sonst noch? Keine Ahnung.«

»Gut, dann lasst uns jetzt direkt zu Amasis gehen!« Rasch entschlossen stand Hegias auf. »Vielleicht finden wir das alles bei ihm heraus.«

Er brannte darauf, das Rätsel endlich zu lösen. Die neue Spur mit den Pferden war mehr als vielversprechend.

Agathon nickte zustimmend. Er scheuchte die Kinder mit wedelnden Händen zurück in den Hof.

»Nun geht schon«, sagte er. »Und seid vorsichtig. Und wenn ihr was über die verschwundenen Masken herausfindet«, fügte er mit erhobenem Zeigefinger hinzu, »dann erzählt es mir! Ich brauche meine dringend zurück!«

Er klopfte an seine Hoftür und öffnete sie, um die Kinder hinauszulassen. »Viel Glück!«, rief er und verschwand wieder in seiner Werkstatt.

Das Spiel mit dem Feuer

»Ich gehe aber jetzt nicht wieder an dem stinkenden Bach vorbei!«, sagte Iris bestimmt.

»Musst du auch nicht«, beruhigte Paseas sie. »Amasis wohnt doch auf der anderen Straßenseite.«

Die Kinder überquerten die Panathenäenstraße und liefen wieder zurück in Richtung Marktplatz. Inzwischen war es Mittag geworden. Die Sonne stand hoch am Himmel, überall sah man Menschen, die ihre Arbeit unterbrochen hatten. Sie saßen vor ihren Häusern im Schatten und aßen oder schliefen.

»Mir knurrt der Magen!« Iris blickte sehnsüchtig auf einen Teller mit gebratenen Würstchen.

»Es gibt aber nichts, bevor wir nicht bei Amasis waren«, sagte ihr Bruder. »Das müssen wir erst noch erledigen.«

Ein Sklave mit einem Stab in der Hand kam den Kindern entgegen. Neben ihm ging mit mürrischem Gesicht ein Junge, der einen Chiton aus feinem Stoff trug. Es waren ein Pädagoge, ein Kinderführer, und ein Schüler aus einer reichen Familie. Der Sklave begleitete den Jungen täglich im Morgengrauen zum Unterricht bei seinem Privatlehrer, führte ihn mittags zum Essen nach Hause und ging dann mit ihm wieder zu seinem Unterricht bis zur Abenddämmerung. Wenn der Junge irgendeinen Unsinn machte, durfte der Pädagoge ihn mit seinem Stab sogar schlagen. Reiche Väter kauften solche Sklaven für ihre Söhne, damit sie ihren Unterricht nicht schwänzten oder auf andere weniger gute Ideen kamen.

»Ich möchte jetzt nicht mit ihm tauschen!«, lachte Paseas.

»Ich auch nicht.« Hegias schüttelte den Kopf. »Wie gut, dass unsere Schule so kurz vor den Panathenäen-Spielen geschlossen ist, was?«

»Der Arme!« Iris schaute dem Jungen bedauernd nach.

»Du hast doch keine Ahnung!«, zog ihr Bruder sie auf. »Du bist ja immer nur daheim bei Mama.«

»Und? Was kann ich dafür?«, brauste Iris auf. »Sie bringt mir wenigstens Lesen und Schreiben bei. Das können nicht alle Mädchen!«

Trotzig stapfte sie über die Straße. Ihr Bruder war manchmal wirklich unausstehlich. Sie konnte doch nichts dafür, dass nur die Jungen in der Schule etwas lernen durften. Aber sie war klug und hielt Augen und Ohren offen. Dabei bekam sie genug von dem mit, was in der Schule los war, und hatte so immerhin eine Menge gelernt. Zum Beispiel Rechnen. Zahlen waren richtig gut! Fast noch besser als Buchstaben. Man konnte mit ihnen …

»Nun vertragt euch wieder!«, unterbrach Hegias ihre Gedanken. »Wir haben Wichtigeres zu tun, als uns um die Schule zu streiten!«

»Na gut!«, gab Iris nach. »Du hast ja recht!«

Wie im Theater breitete ihr Bruder die Arme aus, legte den Kopf in den Nacken und rief grinsend: »*Eirene!*«

»Ja, ja!« Iris musste lachen. »Ist ja gut. Du musst nicht gleich die Göttin des Friedens anflehen!«

»Wir sind gleich da!«, unterbrach Hegias sie.

Sofort waren Paseas und Iris bei der Sache.

»Und denkt dran. Amasis ist einer von denen, die wir nicht so gut kennen! Mein Vater ist zwar mit ihm befreundet, aber er sieht ihn auch nur selten.«

»Ja gut!«, nickte Iris. »Wir erzählen ihm nichts und versuchen irgendwie anders herauszubekommen, welchen Auftrag er hat.«

»In Ordnung!«, stimmte auch Paseas zu.

Sie bogen von der Panathenäenstraße in eine Gasse. Gleich an der Ecke wohnte Amasis.

Was lernt man im antiken Athen?

Unser Wort Schule bezeichnet im Griechischen »Muße« *(scholé)* und alles, wozu man Zeit und Ruhe braucht: philosophieren, diskutieren, etwas lernen. Die Jungen beginnen mit sieben Jahren ihren Unterricht entweder allein bei einem Privatlehrer oder im öffentlichen Schulgebäude. Mädchen gehen nicht in die Schule. Sie lernen von ihren Müttern, was sie wissen müssen. Reiche Väter lassen ihre Söhne von einem Sklaven, einem *paidagogos* (»Kinderführer«) beaufsichtigen. Neben Schreiben, Lesen und Rechnen sind die wichtigsten Fächer Sport und Musik. Zur Musik gehört auch die Dichtung, die von der *lyra* (Leier) begleitet wird. Die Schüler lernen, die Werke von Homer und anderen berühmten Dichter auswendig vorzutragen. Es gibt keine Noten, aber Wettbewerbe im Singen, Flöte- oder Leierspielen und im Vortragen und Vorlesen, zum Beispiel bei den Panathenäen.

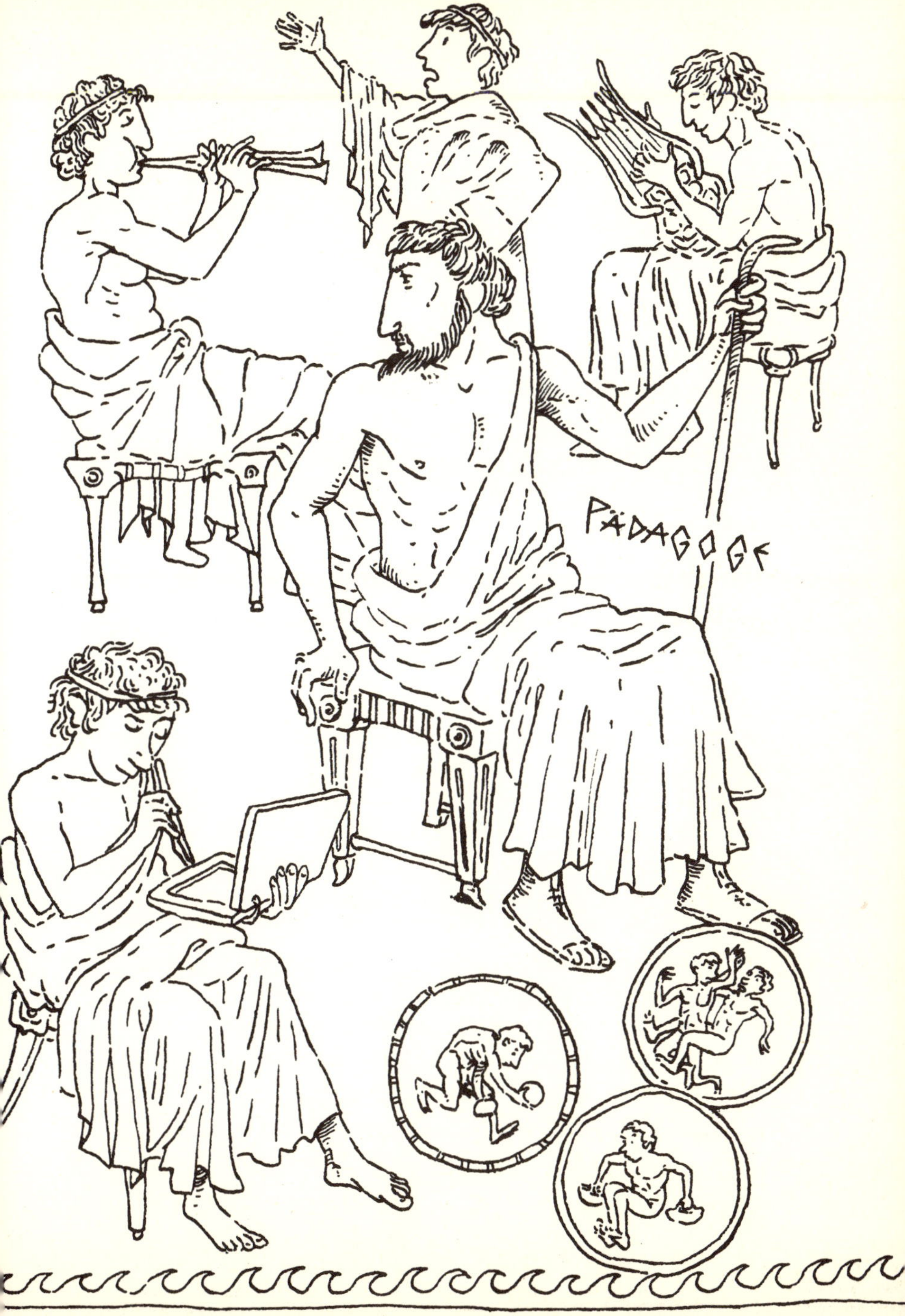
PÄDAGOGE

Die Tür zum Hof des Töpfers war geschlossen.

»Ob er gar nicht da ist?«, fragte Paseas.

Iris zeigte über die Mauer. »Aber es steigt Rauch auf! Und man kann Stimmen hören.«

Hegias zog vorsichtig an dem Eisenring, der an der Tür hing. Sie öffnete sich geräuschlos. Die Kinder betraten den Hof und blieben verblüfft stehen.

Amasis stand bei seinem Ofen und beobachtete aufmerksam, wie ein Sklave Holzkohle in das Feuerloch am Fuß des Ofens nachschob. Die Hitze war offenbar noch nicht groß genug. Der Sklave arbeitete mit einem Schieber an einer langen Eisenstange, denn immer wieder loderten ihm Flammen entgegen, denen er hastig auswich. In der Mittagshitze war das keine angenehme Arbeit. Seine Haare klebten an seinem Kopf und er fuhr sich mit dem Arm über die Stirn, um den Schweiß abzuwischen.

Oben aus dem Abzug in der hohen Kuppel stieg immer mehr Rauch auf.

»Da hängt die Maske!«, sagte Iris leise. Sie wollte Amasis jetzt nicht stören, denn seine ganze Aufmerksamkeit war für den Ofen nötig.

»Ja sicher! Sonst würde er doch nicht brennen!«, flüsterte Paseas.

Hegias ging ein paar Schritte zur Seite und betrachtete den Ofen von da aus. Die hintere Öffnung in der Kuppel, durch die die fertigen Gefäße hineingesetzt wurden, war schon zugemauert, damit keine Hitze an der falschen Stelle entweichen konnte. Und auf den überdachten Regalen an der gegenüberliegenden Mauer konnte er eine große Lücke zwischen den Preisamphoren erkennen, die Amasis hergestellt hatte. Er ging leise zu den anderen zurück.

»Er brennt Preisamphoren«, wisperte er. »Aber ich konnte leider nicht erkennen, für welches Rennen. Nur die Seite mit Athene war zu sehen.«

»Wir fragen ihn gleich.« Paseas warf einen fachmännischen Blick auf das Feuer. »Es kann nicht mehr lange dauern.«

Amasis hatte sich neben das Feuerloch gehockt und spähte in die Flammen.

»Genug! Aufhören!«, befahl er plötzlich dem Sklaven. »Das Feuer hat die richtige Farbe. Die Hitze reicht jetzt. In den nächsten Stunden behältst du das Feuer im Auge, und wenn es eine andere Färbung annimmt, schiebst du Kohle nach. Und wenn dir irgendetwas seltsam vorkommt, rufst du mich, verstanden? Du machst das ja nicht zum ersten Mal.«

Der Sklave nickte und setzte sich in sicherer Entfernung auf den Boden.

Amasis stand auf und wollte in seine Werkstatt gehen, als er die Kinder sah.

»Was macht ihr denn hier?«, fragte er erstaunt.

»Wir besuchen alle Töpfer, die Preisamphoren herstellen«, antwortete Paseas.

Die anderen beiden schauten ihn entsetzt an. Was redete er da? Sie wollten doch vorsichtig sein und Amasis nichts erzählen! Paseas verpatzte ja alles!

»Ah ja?« Amasis blickte den Jungen verblüfft an. »Und wieso tut ihr das?«

Hegias hielt die Luft an und Iris verdrehte die Augen. Was würde ihr Bruder jetzt sagen? Da hatte er sich ja was Schönes eingebrockt.

»Ich habe mich mit Vater gestritten«, fuhr Paseas unbeirrt fort. »Er behauptet, keiner außer ihm achtet wirklich darauf, dass Preisamphoren alle genau die gleiche Höhe haben müssen, damit auch genau die gleiche Menge Olivenöl hineinpasst. Ich habe ihm das nicht geglaubt. Und jetzt besuche ich einfach alle Töpfer und frage sie.«

Iris konnte gerade noch ein Prusten unterdrücken und auch Hegias bemühte sich fast vergeblich, nicht zu sehr zu grinsen. Aber das war gar nicht nötig, denn Amasis fing schallend an zu lachen.

»Andokides ist immer wieder gut für einen Witz!«

Er betrachtete die Kinder amüsiert. »Also dann kommt mal mit. Ich zeige es euch.«

Er führte sie am Ofen vorbei zu dem Regal mit seinen fertigen Amphoren. Auf allen prangte die bewaffnete Athene. Wie sollten sie jetzt herausfinden, für welches Pferderennen sie waren?

Aber sie hatten Glück. Amasis griff wahllos in die Reihen der Amphoren und stellte einige vorsichtig vor die Kinder auf den Boden.

»Zwei Fuß. Eine wie die andere. Nicht mehr und nicht weniger. Ihr könnt gerne nachmessen. Und ihr müsst doch zugeben, dass sie auch alle genau gleich dick sind. Oder?«

»Das stimmt«, sagte Paseas anerkennend. »Hab ich es doch gewusst! Das werde ich Vater erzählen.«

Geschmeichelt lächelte Amasis.

»Oh«, sagte Iris bewundernd und zeigte auf eine Amphore. »Diese Pferde sind aber besonders schön!«

Hegias grinste sie an. Wenn Iris wollte, konnte sie andere ganz schön um den Finger wickeln. Aber sie hatte recht. Auch Amasis besaß gute Vasenmaler, das war keine Frage.

Der Töpfer lächelte noch ein wenig breiter.

»Sind das alles Amphoren für das Pferderennen? Oder hast du auch andere gemacht?«, fragte Iris.

Das war eine kluge Frage! Die beiden Jungen blickten Amasis jetzt interessiert an. Dafür mussten sie sich noch nicht einmal anstrengen. Sie wollten es ja wirklich dringend wissen.

»O nein!« Amasis warf sich stolz in die Brust. »Es sind Amphoren für vier Rennen!« Er zählte sie an den Fingern ab. »Pferderennen, Speerwurf vom Pferd, Wagenrennen mit Waffenträger, Rennen der Streitwagen. Macht einhundertzehn Amphoren.«

»So viele!«, bewunderte Iris den Töpfer.

»Das war aber viel Arbeit!«, sagte Hegias.

»Wir hatten schon mit unseren sechzig Amphoren für den Ringkampf genug zu tun!«, seufzte Paseas.

»Ja, es war nicht einfach«, stimmte Amasis zu. »Aber schließlich – hier stehen sie und sind fertig.« Er fing wieder an zu lachen. »Und sind alle gleich hoch. Das kannst du deinem Vater ruhig …«

Aber bevor er seinen Satz beenden konnte, wurde er von seinem Sklaven gerufen. Das Feuer hatte seine Farbe verändert.

»Ich muss mich jetzt leider darum kümmern«, sagte er zu den Kindern und wies auf seinen Ofen. »Es war schön, mit euch zu plaudern. Und grüßt Andokides von mir!«, fügte er augenzwinkernd hinzu, bevor er zu seinem Sklaven ging.

Ein seltsamer Besuch

Die Kinder liefen hinaus auf die Straße. Lachend rannten sie ein Stück weiter und blieben prustend vor der Mauer eines Hauses stehen.

Eine tiefe Nische war in der Wand ausgespart, in der eine Herme stand, ein viereckiger Pfeiler mit einem Kopf. Der Steinpfeiler war dem Gott Hermes geweiht. Er war der Gott der Reisenden und der Kaufleute. Er brachte Reichtum und Glück. Deshalb standen Hermen zum Schutz auf den Straßen und auf der Agora und als Glücksbringer vor vielen privaten Häusern.

»Wie bist du bloß auf die Idee gekommen?«, kicherte Iris. »Ich bin fast umgefallen vor Lachen.«

»Wir brauchten doch irgendeine Ausrede und das war das Erste, was mir einfiel!«, grinste ihr Bruder.

»Das war richtig gut!« Hegias klopfte seinem Freund anerkennend auf die Schulter. »Obwohl ich mich zuerst ziemlich erschrocken habe. Ich dachte schon, du wolltest Amasis auch alles erzählen.«

»Niemals! Das hatten wir doch abgemacht.«

»Immerhin haben wir herausbekommen, für welche Pferderennen er die Amphoren macht.« Zufrieden schaute Iris die anderen an. »Mit Agathon und euch haben wir jetzt alle gefunden, die Pferde malen mussten.«

»Ja«, sagte Hegias gedehnt. »Das haben wir. Aber sonst wissen wir nichts Neues.« Er schob mit der Sandale ein Steinchen auf der Straße hin und her und kickte es dann gezielt in die Nische der Herme. »Er hat seine Maske noch. Und er hat alle restlichen Aufträge für die Pferderennen gemacht. Also liegt es vielleicht doch nicht an besonders guten Pferdemalern, dass jemand zwei magische Masken stiehlt.«

»Dann gibt es vielleicht doch noch einen anderen Grund«, seufzte Paseas.

»Aber welchen?«, fragte Hegias unglücklich.

Ratlos zuckte er mit den Schultern und beförderte noch ein Steinchen in die Nische. Plötzlich wurden seine Augen immer größer.

»Seht mal da!«, sagte er und zeigte auf die Wand neben dem Pfeiler.

Neugierig blickten Paseas und Iris in die Richtung, in die er zeigte.

»Stürzt – Pei-sis-tra-tos – er – ist – ein – Tyrann«, entzifferte Iris die Buchstaben auf der Wand.

»Das stimmt!«, nickte Paseas. »Peisistratos hat nun mal im Moment die Macht in Athen. Und? Was ist so Besonderes daran?«

»Das meine ich doch nicht! Daneben!« Hegias zappelte aufgeregt hin und her.

»Oh!«, rief Iris. »Eine Eule! Jemand hat eine Eule in die Wand geritzt!«

»Das ist die dritte«, stellte Paseas fest.

»Das ist das dritte Zeichen!«, sagte Hegias glücklich. »Wir sind doch auf dem richtigen Weg!«

»Also«, fing Iris an. »Dann lasst uns mal überlegen, was … Schnell! In die Nische!«

Rasch schubste sie die Jungen in die Nische und sprang hinterher. Es war eng neben der Herme, aber für die Kinder war Platz genug.

»Was ist los?«, wisperte Hegias.

Er war mit Paseas hinter Iris in der Nische eingeklemmt und konnte sich kaum rühren. Vorsichtig spähte Iris um die Ecke. Sie hatte sich tatsächlich nicht getäuscht. Sie zog den Kopf wieder zurück.

»Da kommen eure Vasenmaler schon wieder!«

»Was? Epiktetos und Smikros?«

»Ja!«

Hegias runzelte die Stirn. Warum liefen sie ihnen bloß dauernd über den Weg?

»Was machen sie? Wohin gehen sie?«, fragte er neugierig.

Iris steckte vorsichtig den Kopf aus der Nische. »Sie klopfen an Amasis' Hoftür.«

»Was wollen sie denn bei dem?«

»Das weiß ich doch nicht!«, antwortete Iris. »Da! Die Tür geht auf. Mist! Jetzt kann ich sie nicht mehr sehen, die Tür verdeckt sie!«

Iris schwieg und Hegias wurde ungeduldig.

»Und jetzt? Was machen sie jetzt?«

»Smikros geht wieder. Er biegt zur Agora ab.«

»Und Epiktetos?« Hegias hielt es in der Nische kaum noch aus. »Was ist mit Epiktetos?«

»Schhh!«, machte Iris. »Da geht die Tür wieder zu. Huch!«

»Was ist denn jetzt los?«

»Epiktetos ist weg. Er ist zu Amasis hineingegangen. Kommt wieder raus, die Luft ist rein.«

Erleichtert trat sie aus der engen Nische auf die Straße. Hegias und Paseas folgten ihr.

»Das war knapp!«, sagte Iris.

»Wieso?«, fragte Paseas, der endlich zu Wort kam. »Es waren doch bloß Mikions Vasenmaler!«

»Ja, aber diesmal sind sie uns zu nahe gekommen«, erklärte Iris. »Und Hegias wollte doch nicht, dass sie ihn sehen, bevor er nichts Genaueres über die Maske weiß.«

Hegias nickte dankbar. »Das war nett von dir. Aber was will Epiktetos bei Amasis? Das würde ich zu gerne wissen.«

»Dann müssen wir herausbekommen, was sie bereden!«, sagte Iris aufgeregt. »Vielleicht haben sie mit dem Fall zu tun!«

»Ja klar!«, sagte Paseas spöttisch. »Mikions Sklave schleicht durch Athen und klaut magische Masken! Das ist doch Unsinn! Und mit Agathon hat er nun mal überhaupt nichts zu tun.«

»Wir müssen rauskriegen, worüber sie reden!«, sagte Hegias energisch. »Dann wissen wir es. Kommt!«

Sie schlichen an der Mauer entlang bis zu Amasis' Hoftor. Und sie hatten solches Glück! Die Tür war nicht ganz geschlossen und sie konnten das Stimmengemurmel dahinter verstehen, wenn sie die Ohren spitzten.

Hegias wurde blass. Er kannte den Satz, den er hörte. Und er wusste auch genau, woher. Es war die gleiche Stimme, die in der Nacht vor seinem Fenster gewispert hatte.

»Du bekommst das Geld. Nun beruhige dich!«, zischte Amasis.

»Und wann? Ich brauche es. Du hast gesagt, ich bekomme es heute.«

»Ja, ja. Hier ist es doch.«

Die Kinder hörten das Klimpern von Münzen. Von vielen Münzen.

»Ahh! Wunderbar. Dann klappt unser Plan und du kannst mit mir rechnen.«

»Auf dich ist ja auch Verlass! Wann kaufst du dich frei?«

»Morgen. Ich kann heute nicht lange wegbleiben, Mikion schöpft sonst Verdacht.«

»Also morgen. Und dann kommst du sofort zu mir. Ich freue mich, wenn du für mich arbeitest. Gegen gute Bezahlung, versteht sich.«

Hegias lief es kalt den Rücken herunter, als er das böse Kichern erkannte, mit dem Amasis seinen Satz beendete. Paseas und Iris schauten Hegias entsetzt an. Es waren tatsächlich die beiden gewesen, die in der Nacht vor seinem Fenster geflüstert hatten! Ein Sklave seines Vaters und ein Freund seines Vaters! Es war nicht zu fassen!

Aber Amasis redete schon weiter. »Hast du die Masken auch wirklich gut versteckt? Ich hab dir ja gesagt, dass du sie nicht zerstören darfst. Hilinos hat mich gewarnt und er hat recht. Es sind magische

Womit wird in Athen bezahlt?

Im antiken Athen wurde ursprünglich mit »Eisengeld« bezahlt. Der kleinste Geldwert, der Obolos (»Spieß«), war eine Stange oder Pfeilspitze aus Eisen. Sechs davon konnte man in der Hand halten und nannte sie Drachme (»Handvoll«). Ab 576 v. Chr. tragen die attischen Silbermünzen (Obolos und Drachme) auf der einen Seite den Kopf der Athene und auf der anderen Athenes Eule. Drachmen in verschiedenen Geldwerten sind durch den Handel im ganzen Mittelmeerraum verbreitet. Außerdem gibt es noch andere Münzen, zum Beispiel das Talent (*talanton* = »Waage, Last, Gewicht«) und die Mine (*mna* = »Pfund«).

So wird gerechnet: 1 Talent = 60 Minen, 1 Mine = 100 Drachmen, 1 Drachme = 6 Obolen.

Und das sind einige Preise: Eine Ziege kostet 10 Drachmen, eine Preisamphore voll Olivenöl 30 Drachmen, eine Kuh 50 Drachmen, ein Landhaus 105 Drachmen, ein Sklave zwischen 70 (Kinder) und 360 Drachmen (ausgebildete Handwerker).

Masken und ich will nicht den Zorn der Götter auf mich ziehen. Sie sollen nur bis nach den Panathenäen, sagen wir – nicht zu finden sein.«

»Ja, das ist mir gelungen. Sie werden noch eine ganze Weile danach suchen!« Epiktetos lachte. »Erst wollten sie nicht untergehen, aber dann ging es.«

»Gut so! Das wird die beiden Töpfer den Ruf kosten!« Amasis kicherte. »Und bei den nächsten Spielen werden wir zusammen den gesamten Auftrag für die Reiter und Wagenlenker bekommen. Ich bin ein ausgezeichneter Töpfer und du bist ein ausgezeichneter Vasenmaler. Der beste, den ich je Pferde habe malen sehen. Wir werden berühmt sein! Wir werden im Geld schwimmen, mein Lieber!«

Wieder das Kichern. Hegias wurde fast schlecht beim Zuhören.

»Und jetzt geh am besten wieder …«

Iris wartete das Ende des Satzes gar nicht erst ab und riss Hegias am Arm mit sich.

»Weg! Er kommt bestimmt jetzt raus!«, zischte sie und die Kinder rannten zurück in die Nische.

Es war keine Sekunde zu früh, denn die Tür ging auf, Epiktetos kam heraus und ging, ohne sich umzublicken, um die Ecke und dann weiter die Straße in Richtung Agora hinunter.

Iris hat eine Idee

Erst jetzt trauten sich die Kinder wieder aus der Nische. Schweigend liefen sie die Gasse in die entgegengesetzte Richtung nach Hause. Sie waren sprachlos vor Zorn über das, was sie gehört hatten. Wie sehr hatten sie sich in Hilinos getäuscht. Er wusste tatsächlich Bescheid und hatte Amasis sogar noch gute Ratschläge gegeben!

Erst als sie ein ganzes Stück von Amasis und seiner Werkstatt entfernt waren, holte Paseas tief Luft.

»Bei Zeus!«, rief er empört. »Das ist stark. Er gibt einem Sklaven Geld, damit er sich freikaufen kann und …«

»Und das alles, weil er gute Pferde malt!« Iris schaute Hegias entrüstet an.

»Das stimmt aber«, nickte Hegias. »Das kann er tatsächlich wie sonst niemand. Ich habe ihn beobachtet. So, wie er sie malt, sehen sie aus, als ob sie wirklich über die Amphore galoppieren.« Er seufzte. »Ich wäre froh, wenn ich sie so malen könnte. Meine Pferde sehen noch immer viel zu steif aus! Deshalb war Epiktetos auf dem Sklavenmarkt ja auch so teuer! Und mein Vater hat den hohen Preis bezahlt, weil er unbedingt jemanden braucht, der das kann.«

»Jetzt vergesst mal die Pferde!«, unterbrach Paseas ihn. »Stellt euch das doch mal vor! Er hat ihm Geld gegeben, damit er sich freikaufen kann, wenn er vorher die magischen Masken verschwinden lässt! *Das* finde ich so übel! Jeder Sklave hätte da zugegriffen. Ich kann verstehen, warum Epiktetos da mitgemacht hat!«

»Ja, schon.« Hegias war mit seinem Kopf schon bei einem ganz anderen Problem. »Aber wie bringe ich das meinem Vater bei? Das glaubt der mir doch nie!«

Verzweifelt blickte er seine Freunde an. Alles wurde immer schlimmer für ihn. Vielleicht hätte Mikion ihm geglaubt, wenn er die Scherben der Maske gefunden hätte und ihm hätte einleuchtend erklären können, dass es jemand anderes gewesen war. Aber so?

»Wenn ich ihm mit der Geschichte von dem Maskendieb komme«, seufzte er, »und ihm auch noch sage, dass ausgerechnet sein teuerster Sklave Epiktetos dahintersteckt, glaubt er doch wieder, ich lüge ihn an! Wie soll ich ihm nur beweisen, dass es aber genau so ist?«

»Wenn wir alle drei versuchen, ihm das zu erklären, dann muss er uns glauben!«, versuchte Iris ihn zu trösten.

Hegias schüttelte mutlos den Kopf.

»Wir müssen Epiktetos überführen, und zwar so, dass Mikion keine Zweifel haben kann!« Paseas runzelte nachdenklich die Stirn. »Ich weiß! Wir halten ihm die Maske unter die Nase. Mal sehen, was er dann für ein Gesicht macht.« Er schnaubte zornig. »Darauf freue ich mich schon!«

»Dafür müssen wir die Maske aber erst mal haben!«, rief Iris aufgebracht. »Wir müssen das Versteck finden!«

Da hatte sie nun auch wieder recht. In Gedanken versunken gingen sie weiter.

»Ich frage mich, was Epiktetos gemeint hat«, sagte Paseas plötzlich in die Stille. »Er hat gesagt, ›erst wollten sie nicht untergehen‹. Dann hat er sie wohl irgendwo im Wasser versenkt, oder?«

»Ja!«, rief Hegias aufgeregt. »Aber wo?«

»Welches Wasser ist tief genug, dass man Masken darin versenken kann?«, fragte Iris nachdenklich.

»Also hier im Kerameikos gibt es kein tiefes Wasser!«, rief Hegias. »Keinen See, nichts! Der Fluss ist zu weit weg und der Bach ist zu niedrig.«

Erschrocken sah Paseas ihn an. »Und wenn er die Masken in einen Brunnen geworfen hat? Dann finden wir sie nie! Sie können in jedem Brunnen liegen!«

»Das glaube ich nicht!«, widersprach Iris. »Amasis hat doch gesagt, wir sollen sie wiederfinden können. Wie willst du sie denn aus einem Brunnen rausfischen?«

Grübelnd bogen die Kinder um eine Straßenecke und wichen einem Esel aus, der unter seiner Last aus mehreren Stoffballen fast verschwand.

»Gleich sind wir schon zu Hause«, schimpfte Hegias unzufrieden. »Und wir haben immer noch keine Idee, wo die Masken wirklich sein könnten. Wie kann ich dann meinen Vater überzeugen, dass ich es nicht war?«

Plötzlich blieb Iris mitten auf der Straße stehen. Sie ließ die Locke los, die sie die ganze Zeit um den Finger gedreht hatte, und strahlte die anderen an.

»Aber ich habe eine Idee! Sie sind in keinem Brunnen! Sie sind … Kommt!«

Sie rannte voraus. Die Jungen konnten ihr kaum folgen. Aber als sie auf ihren Hof liefen, musste Iris' Idee erst einmal warten. Erschrocken blieben die Kinder stehen. Daphne war in Tränen aufgelöst und

Elena hatte den Arm um sie gelegt. Andokides versuchte, Mikion zu beruhigen.

»Du hättest ihn nicht so anbrüllen sollen!«, schluchzte Daphne. »Das war doch nicht nötig! Wer weiß, wo er jetzt ist!«

Schuldbewusst senkte Mikion den Kopf. Sie hatte ja recht. Das hatte er sich den ganzen Morgen vorgeworfen, als er mit Andokides auf der Suche nach den drei Kindern durch Athen gelaufen war.

»Aber Paseas und Iris sind doch bei ihm!«, tröstete Elena sie. »Es wird ihm schon nichts passieren!«

Hegias schluckte. Es ging um ihn!

»Das weißt du doch gar nicht!« Daphne war nicht zu trösten. »Vielleicht haben sie nur eher als wir gemerkt, dass er verschwunden ist, und sich Sorgen gemacht. Sogar Iris ist mitgegangen, obwohl sie weiß, dass sie nur mit einem von uns aus dem Haus gehen soll!« Wieder schluchzte sie laut auf. »Es muss heute Morgen ganz früh gewesen sein. Und sie sind immer noch nicht zurück!«

»Aber die Sklaven sind doch in der ganzen Stadt unterwegs und suchen sie!«, sagte Elena zuversichtlich. »Sie werden sie finden!«

Daphne schüttelte verzweifelt den Kopf.

Hegias hielt es nicht mehr aus. »Mutter!«, rief er.

Wie leben Frauen und Kinder?

Während die Männer ihren Tag in der Öffentlichkeit verbringen, wird von vornehmen verheirateten Frauen und ihren Töchtern erwartet, dass sie das Haus kaum oder nur in Begleitung verlassen. Sie leben im Frauenbereich, kümmern sich mit ihren Haussklaven um die Hausarbeit, um Hochzeiten und Begräbnisse und erziehen ihre Kinder. Manche Frauen bringen ihren Töchtern nicht nur Spinnen, Weben und Kochen bei, sondern auch Lesen und Schreiben. Frauen und Töchter von Handwerkern wie Töpfern sehen mehr von der Welt, denn sie arbeiten in der Werkstatt mit oder verkaufen die Waren auf dem Markt. Aus den Töpfereien kommen auch Spielzeuge für die Kinder: Puppen, Rasseln in Tierform, mit Tonsteinchen gefüllt, oder Hochstühle für Kleinkinder, in die man ein Töpfchen schieben kann.

KNÖCHEL-SPIELERINNEN
FRAU, DIE DEN TEIG AUSROLLT
RASSEL IN SCHWEINE-FORM
HOCHSTUHL AUS TON

Elena fuhr herum. Daphne stürzte auf Hegias zu und nahm ihn in die Arme. »Athene sei Dank!«, schluchzte sie, aber diesmal vor Freude.

Mikion blickte seinen Sohn an. Ein kurzes erleichtertes Lächeln huschte über sein bärtiges Gesicht. Dann runzelte er die Stirn. Zuerst war die magische Maske verschwunden und dann auch noch Hegias. Er war fast krank vor Sorge um seinen Sohn gewesen. Sollte die Maske doch sein, wo sie wollte, aber Hegias durfte nichts passieren!

»Wo bist du gewesen?«, donnerte er zornig und legte die ganze Aufregung des Tages in seine Stimme.

Andokides nahm beruhigend seinen Arm.

»Das hätte ich von euch auch gerne gewusst!«, sagte er zu seinen Kindern. »Einfach zu gehen, ohne ein Wort zu sagen!« Er blieb ruhig, aber er war genauso zornig wie Mikion.

Betroffen standen die Kinder da und wussten nicht, was sie tun sollten. Und sie platzten doch fast vor Neuigkeiten!

»Es tut uns leid«, sagte Iris schließlich. »Aber wir …«

»Es tut euch leid?«, explodierte Mikion. »Das ist alles? Es tut euch leid?«

Hegias machte sich von Daphne los und stellte sich vor seinen Vater.

»Hör mir zu!«, rief er. »Wir hatten keine Zeit! Wir mussten einfach weg und den Maskendieb suchen! Und wir haben ihn gefunden!«

»Und wir wissen, dass die zweite Maske Agathon gestohlen worden ist. Es sind ja zwei Masken weg!«, fügte Paseas rasch hinzu.

»Maskendieb?« Mikion schaute zornig von einem zum anderen. »Agathon? Was ist das jetzt wieder für ein Unsinn!«

»Und wieso *zwei* Masken?«, mischte Andokides sich ein. »Es geht doch nur um unsere!«

Endlich konnten die Kinder abwechselnd berichten, was sie herausgefunden hatten, nachdem Hegias von dem nächtlichen Gespräch unter seinem Fenster erzählt hatte.

»Und wer ist jetzt der Maskendieb?«, fragte Mikion ungehalten. Man sah ihm an, dass er die ganze Sache immer noch für ein Hirngespinst seines Sohnes hielt.

»Epiktetos!«, antwortete Hegias. »Zusammen mit Amasis.«

»Was?«, fuhr Mikion auf. »Bist du verrückt? Mein teuerster Vasenmaler?«

»Es stimmt aber!«, sagte Iris und blickte sich Hilfe suchend um. Irgendjemand musste ihnen doch glauben! Und plötzlich hatte sie die Idee, wie sie alle überzeugen konnte.

»Ich weiß, wo die Masken sind!«, rief sie. »Ich zeig es euch. Kommt mit!«

Ihr Bruder und Hegias fuhren herum. Das war bestimmt der Einfall, den sie eben auf der Straße gehabt hatte. Hoffentlich hatte sie recht!

»Pah!«, machte Mikion ungläubig, aber auch er folgte ihr, als sie zu der Mauer zwischen den beiden Hoftüren lief. In den Schlämmbecken stand noch das Wasser vom letzten Reinigen des Tons. Niemand hatte bei dem großen Auftrag für die Panathenäen Zeit gehabt, sie zu säubern und das Wasser ablaufen zu lassen.

Iris waren die Blätter und der Schmutz in dem trüben Wasser völlig egal. Mit beiden Armen fuhr sie in das erste Becken und schwenkte sie suchend hin und her.

»Ja!«, jubelte sie. »Hier ist sie!«

Triefend nass zog sie die Maske mit dem bärtigen Gesicht des Satyrs aus dem Wasser. Vielleicht täuschte sie sich, aber sie hatte den Eindruck, dass der Satyr sie zufrieden anlächelte.

Der Maskendieb

»Das gibt es nicht!« Mikion stand da und starrte auf die Maske. Dann lachte er laut los. »Sie war die ganze Zeit hier?«, japste er.

Plötzlich redeten alle durcheinander. Sie waren so erleichtert! Die Kinder und die magische Maske waren wohlbehalten wieder da und sie konnten die Amphoren brennen. Alles war gut.

»Wartet mal!«, rief Hegias. Er fuhr wie Iris mit den Armen durch das zweite Becken und zog auch Agathons Maske heraus.

»Da wird sich Agathon freuen!«, rief Elena.

»Dürfen wir sie ihm bringen?«, fragte Hegias.

»Ja sicher!«, sagte Mikion lachend. Dann wurde er wieder ernst. »Und ich werde Epiktetos die Meinung sagen! So eine Unverschämtheit! Na, der wird was erleben, wenn er gleich zurückkommt!«

Hegias sah seinen Vater erleichtert an. Er hatte es gewusst. Sobald die Maske wieder da war, würde er ihm glauben. »Aber er wird alles abstreiten!«, wandte er ein. »Und morgen ist er dann einfach weg.«

»Dein Sohn hat völlig recht, Mikion!«, sagte Andokides.

»Wir überraschen ihn, wenn er kommt«, rief Iris.

»Und wie sollen wir das machen?«, fragte Mikion verblüfft. Das Mädchen steckte ja voller Ideen!

»Ganz einfach!« Iris ging zum Schlämmbecken zurück und legte die Maske wieder vorsichtig hinein.

Hegias begriff sofort. »Das ist eine gute Idee!«, sagte er lachend. »Das wird ihn genauso überraschen wie uns!«

Schnell tat er das Gleiche mit der anderen Maske.

»Und ich freue mich jetzt wirklich auf sein Gesicht!«, grinste Paseas zufrieden.

»Warte mal!«, sagte Hegias plötzlich. »Smikros war auch bei ihm und weiß vielleicht über alles Bescheid. Wir müssen beide beobachten. Sonst passiert uns dasselbe noch mal!«

Mikion betrachtete seinen Sohn aufmerksam. Er dachte wirklich an alles, damit die Töpferei nicht zu Schaden kam! Wie hatte er ihn nur für verantwortungslos halten können? Mit ernstem Gesicht legte ihm die Hand auf die Schulter.

»Es tut mir leid!«, sagte er. »Ich habe dich angebrüllt und dir nicht geglaubt, obwohl du gar nichts dafür konntest. Ich hatte gestern Abend schon meine

Zweifel und wollte noch mit dir sprechen, aber du warst schon eingeschlafen.«

Hegias hatte einen dicken Kloß im Hals, aber er freute sich sehr. »Ist schon gut!«, sagte er grinsend.

»Das wurde aber auch höchste Zeit!«, rief Daphne und gab ihrem Mann einen Kuss. »Alter Sturkopf!«

»So hat Phintias dich auch genannt!«, lachte Hegias.

»Was? Na, dem zieh ich die Ohren lang!«

»Ach, sie sind wieder da!«, rief jemand plötzlich.

Erschrocken fuhren alle herum. Aber nur Onesimos, Andokides' Vasenmaler, stand in der Hoftür. Auch er war auf der Suche nach den Kindern durch halb Athen gelaufen. Iris hatte ihn vor Phintias' Werkstatt doch richtig erkannt.

»Das macht ihr aber nicht noch mal!«, sagte er, wobei er über das ganze Gesicht strahlte. »So einen Schrecken will ich nie mehr erleben!«

»Schhh!«, machte Hegias plötzlich. Er hatte Stimmen gehört. Smikros und Epiktetos kamen in den Hof. Andokides winkte den erstaunten Onesimos zu sich und legte den Finger auf den Mund.

»Wir haben sie nicht gefun– ... Da seid ihr ja!«, rief Smikros und wusste gar nicht, was er vor Freude machen sollte. Er schaute die Kinder grinsend an.

»Das war nicht besonders witzig!«, sagte Epiktetos mürrisch und ging weiter zur Werkstatt.

Aber da rief Mikion streng: »Halt! Bleib hier!«

Epiktetos drehte sich gleichgültig um. »Was ist?«

Mikion trat ein Stück zur Seite und gab den Blick auf Iris und Hegias frei, die bei den Schlämmbecken standen und langsam die beiden magischen Masken herauszogen. Gespannt beobachteten die Kinder jede Bewegung der beiden Sklaven.

»Sie ist wieder da!« Smikros schlug erfreut die Hände zusammen. Er sah selbst aus wie ein kleiner fröhlicher Satyr, als er jetzt vor Begeisterung von einem Bein auf das andere hüpfte. »Aber warum sind es zwei?« Erstaunt blickte er sich um.

Der lange Epiktetos neben ihm war blass geworden. Sein Blick flackerte unruhig zur Ofenkuppel, wo immer noch der helle Fleck zu sehen war, und dann wieder zurück zu der Maske in Iris' Händen.

Es war allen völlig klar, wer der Schuldige war.

»Wieso hast du unsere Maske gestohlen, Epiktetos?«, fuhr Mikion seinen Sklaven an.

»Ich?«, fragte Epiktetos betont unschuldig. »Ich soll das gewesen sein? Warum denn das?«

»Weil du vorhin von Amasis Geld dafür bekommen hast«, sagte Iris ruhig.

»Mit dem Geld willst du dich von Vater freikaufen«, fügte Hegias hinzu.

»Ja«, nickte Paseas. »Das wolltest du morgen tun.«

Epiktetos war totenbleich. In seinem Kopf arbeitete es und in seinem Gesicht stand die Wut. Aber er beherrschte sich und sagte erstaunlich ruhig: »Unfug. Ich habe kein Geld.«

Er wandte sich um und wollte zur Werkstatt gehen. Aber Hegias' freie Hand schoss vor und erwischte den Beutel über seiner Schulter. Der Riemen riss, der Beutel fiel hin und sein Inhalt ergoss sich klirrend und klimpernd über den Hof. Elena und Daphne schrien auf.

»Richtig!«, sagte Mikion eisig. »Du hast kein Geld! Jetzt nicht mehr.«

Epiktetos war schnell. Er machte eine Bewegung zur Hoftür, aber Smikros und Hegias stellten sich ihm entschlossen in den Weg. Das reichte Mikion, um ihn einzuholen und festzuhalten. Der Vasenmaler versuchte verzweifelt, sich loszureißen. Aber Mikion sah nicht nur aus wie ein Bär, er hatte auch Bärenkräfte. Aus seinem eisernen Griff kam Epiktetos nicht mehr heraus.

»Hol die Bogenschützen, Onesimos!«, befahl Andokides. »So schnell wie möglich. Paseas, geh mit ihm, damit du alles erklären kannst! – Ach was, ich komme gleich selbst mit!«

»Ja!«, rief Mikion. »Und sagt ihnen, sie sollen sich beeilen. Es gibt noch mehr für sie zu tun!«

Am nächsten Morgen bei Sonnenaufgang waren beide Familien im Hof versammelt. Feierlich trug Andokides die magische Maske zum Ofen und reichte sie dann Mikion, der sie wieder an der Kuppel befestigte. Alle sprachen ein Gebet, in dem sie Athene und Hephaistos anflehten, wohlwollend auf ihre Arbeit zu blicken und die magische Maske als Schutz des Ofens wieder anzunehmen. Hegias hielt dabei die Münze, die er am Tag zuvor gefunden hatte, fest in der Hand. Athenes Eule hatte ihnen wirklich Glück gebracht! Und Agathons glückliches Gesicht, als sie ihm seine Maske zurückgebracht hatten, würde er auch nie vergessen.

»So!«, rief Andokides. »Und jetzt wird endlich gebrannt! Du holst schon mal die Kohlen«, befahl er einem Sklaven. »Und wir füllen die Kuppel mit den Amphoren. Wo sind die Ziegel, mit denen wir die Öffnung zumauern wollen?«

Mikion schüttelte erstaunt den Kopf. »Andokides ist ja kaum zu halten! Ich darf gar nichts tun!«

Elena lachte und die Kinder zwinkerten sich zu.

»Heute ist dein Geburtstag, mein Lieber«, sagte Daphne. »Erzähl mir nicht, du hättest es vergessen!«

Mikion grinste. »Nein, aber …«

»Ich habe etwas für dich«, unterbrach Hegias ihn. »Es muss nur noch gebrannt werden. Das konnten wir ja nicht.«

Aufgeregt rannte er los und holte die Schale, die er gemacht hatte, aus ihrem Versteck. Hoffentlich würde Mikion jetzt merken, was sein Sohn alles konnte! Hoffentlich würde er sich freuen!

Stolz reichte er seinem Vater die Schale. Mikion nahm sie vorsichtig in die Hände. Gerührt betrachtete er das Innenbild mit dem Töpfer an der Drehscheibe. In einem Bogen um ihn herum stand etwas. Mikion musste erst heftig mit den Augen zwinkern, bevor er es entziffern konnte.

»Hegias egraphse me«, las er vor. »Hegias hat mich bemalt.« Er blickte seinen Sohn verwundert an. »So etwas kannst du? Wieso weiß ich das nicht?«

Hegias zuckte lachend mit den Schultern.

»Wunderschön. Ich werde meinen Wein nur noch aus dieser Schale trinken. Ich danke dir.«

Hegias beobachtete strahlend, wie Mikion die Schale zum Ofen trug.

Recht und Gesetz

Über Delikte wie Diebstahl oder Menschenraub entscheidet zunächst ein Schnellgericht. Ist der Verbrecher ein freier Bürger von Athen, wird er vor die »Elfmänner« (zehn Beamte und einen Schreiber) geführt. Sie haben die Aufsicht über das Gefängnis und den Strafvollzug. Gibt der Angeklagte die Tat zu, wird er sofort mit einer hohen Geldstrafe oder mit Ausweisung aus der Stadt und Verlust seines Eigentums bestraft. Beteuert der Angeklagte seine Unschuld, gibt es ein Gerichtsverfahren. Eine Polizei wie heute gibt es nicht. Den Gerichten und den Behörden helfen etwa 300 vom Staat beschäftigte Sklaven, die Bogenschützen. Streitfälle über die Aufträge für die Panathenäen-Preisamphoren müssen sich in Athen gehäuft haben, denn ab 530 v. Chr. wird von den Organisatoren der Spiele alle vier Jahre aus 300 Töpfereien nur eine einzige für den gesamten Auftrag an Amphoren ausgewählt.

»Das hier muss mit in den Ofen«, rief er. »Aber Vorsicht! Es handelt sich um mein Geburtstagsgeschenk!«

Augenzwinkernd nahm Andokides die Schale entgegen. »Die Überraschung ist gelungen, was?«, fragte er und stellte die Schale vorsichtig in die Kuppel. »Eigentlich solltest du sie ja schon heute benutzen, aber nun musst du dich noch etwas gedulden.«

Als Mikion wieder zu den Kindern zurückkam, fragte Iris: »Was passiert eigentlich mit Amasis und Epiktetos?«

»Nun«, antwortete Mikion. »Amasis ist freier Bürger von Athen. Er wird vor Gericht gestellt. Meine Anklage lautet auf versuchte Geschäftsschädigung und Diebstahl eines Sklaven. Es wird ihn teuer zu stehen kommen.«

»Und Epiktetos?«, wollte Paseas wissen.

»Er ist ein Sklave. Er hat keine Rechte. Ich will ihn nicht mehr sehen, also lasse ich ihn weiterverkaufen.« Er schüttelte unglücklich den Kopf. »Das trifft mich sehr hart. Niemand kann so gute Pferde malen wie er! Und ich habe keine Ahnung, wo ich einen Ersatz finden kann.«

Hegias starrte seinen Vater an. Dann drehte er sich um und lief in die Werkstatt, wo man ihn poltern hörte. Die anderen blickten sich überrascht an. Was war denn jetzt los? Aber da kam er schon wieder zu ihnen zurück. Er hatte etwas in der Hand.

»Was hast du vor?«, fragte Mikion erstaunt, als Hegias sich vor ihm aufbaute.

Hegias antwortete nicht. Er nahm die breite Tonscherbe aus der Werkstatt und begann, mit dem Metallgriffel ein Bild zu ritzen. Paseas und Iris stießen sich an. Sie wussten, was er zeichnen würde.

Aber die beiden Frauen und Mikion sahen verblüfft, wie vor ihren Augen ein Streitwagen mit Wagenlenker entstand. Und davor galoppierten zwei so lebendige Pferde, dass man sie fast laufen sah.

Als er fertig war, hielt Hegias seinem Vater die Scherbe selbstbewusst hin. »Du brauchst nicht weiterzusuchen«, sagte er. »Ich kann Pferde malen!«

Zum zweiten Mal an diesem Tag zwinkerte Mikion heftig und wischte sich dann über die Augen. Er beugte sich hinunter und nahm seinen Sohn mitsamt der Scherbe in seine Arme.

»Nie wieder«, versprach er, »nie wieder werde ich bezweifeln, dass du ein guter Töpfer wirst!«

Hegias lachte vergnügt. »Und ein guter Vasenmaler!«